마리 클레르

♦ ♦ ♦

교보클래식 005

마리 클레르

마르그리트 오두 지음 · 이연주 옮김
강주현 기획 및 번역 감수

교보문고

차례

훌륭한 건축물을 아침 햇살에 비춰 보고
정오에 보고 달빛에도 비춰 보아야 하듯이
진정으로 훌륭한 책은 유년기에 읽고
청년기에 다시 읽고 노년기에 또다시 읽어야 한다.

- 로버트슨 데이비스Robertson Davies

· 제1부 ·

어느 날 우리 집에 많은 사람이 찾아왔다. 아저씨들은 성당에 들어오는 것처럼 심각한 표정으로 들어왔고, 아주머니들은 나가면서 성호를 그었다.

부모님 방에 살짝 들어갔다가 엄마가 누워 있는 침대맡에 큰 초가 켜진 것을 보고 깜짝 놀랐다. 아빠는 침대 발치에서 몸을 숙인 채 엄마를 보고 있었고, 엄마는 두 손을 가슴 위에 모은 채 자고 있었다.

인근의 콜라스 수녀님은 그동안 자기 집에서 우리를 온종일 돌봐주었다. 콜라스 수녀님은 우리 집에서 나가는 모든 아주머니에게 이렇게 말했다.

"글쎄, 얘네 엄마가 애들을 안아주지 않더라고요."

아주머니들은 우리를 쳐다보면서 코를 풀었고, 콜라스 수녀님은 말했다.

"그 질병이… 그렇게 고약하네요."

며칠이 지나고 우리는 흑백의 큰 바둑무늬 원피스를 갖게 되었다.

콜라스 수녀님은 우리에게 먹을 것을 주고 나가서 놀라며 내보냈다. 이미 컸던 언니는 울타리 안으로 들어가서 나무를 타고 연못을 뒤져서 저녁마다 주머니 가득 온갖 종류의 벌레를 담아와서 나를 겁주었고 콜라스 수녀님을 무척 화나게 만들었다.

나는 특히 지렁이가 싫었다. 그 빨갛고 주름진 모습은 말로 표현할 수 없을 만큼 끔찍했고, 어쩌다가 지렁이를 밟게 되면 끔찍함에 오랫동안 몸서리쳤다. 내가 며칠 동안 옆구리가 결려서 힘들어하자, 콜라스 수녀님은 언니에게 멀리 나가지 말라고 했다. 하지만 언니는 심심해했고, 어쨌든 나를 데리고 나가고 싶어 했다. 언니는 지렁이를 여러 마리 주워 와서는 꿈틀거리는 지렁이를 손에 쥐고 내게 다가왔다. 나는 이제 아프지 않다고 곧바로 말했고, 밖에서 언니에게 끌려다녔다.

한번은 언니가 내 원피스 위로 큰 손잡이를 던졌다. 나는 너무 급하게 뒷걸음질 치다가 뜨거운 물이 담긴 큰 냄비 안에 빠졌다. 콜라스 수녀님은 한탄하면서 내 옷을 벗겼다. 나는 크게 다치지는 않았지만, 콜라스 수녀님은 언니를 단단히 혼내주겠다고 약속했고 굴뚝청소부들이 집 앞을 지나가자 언니를 데려가라며 그들을 불렀다.

굴뚝청소부 세 명이 자루와 밧줄을 들고 들어왔다. 언니는 소리를 지르며 잘못했다고 말했고, 나는 옷을 다 벗고 있어서 조금 부끄러웠다.

아빠는 종종 우리를 데리고 아저씨들이 포도주를 마시는 데로 갔다. 아빠는 포도주잔 사이에 나를 세워놓고 중세 전설 속 비운의 여주인공인 주느비에브 드 브라방에 관한 슬픈 노래를 부르게 했다. 거기에 있던 아저씨들은 전부 웃으면서 나를 안아주었고 내게 술을 먹이려고 했다.

우리는 항상 밤이 되어서야 집으로 돌아왔다. 아빠는 중심을 잡으려고 하면서 큰 보폭으로 걸었다. 종종 넘어질 뻔하기도 했고, 집이 바뀌었다며 큰 소리로 울기도 했다. 그러면 언니는 고함을 질렀지만, 날이 어두워도 항상 집으로 가는 길을 찾아냈다.

어느 날 아침 콜라스 수녀님은 우리더러 불운의 아이들이라며 뭐라고 했고, 더는 먹을 것을 주지 않겠다는 둥 어디 있는지도 모르는 아빠를 찾으러 가도 된다는 둥 말했다. 콜라스 수녀님은 화가 멈추자 언제나처럼 먹을 것을 주었다. 하지만 얼마 후 우리를 쉬콩 신부님의 짐수레에 태웠다. 짐수레에는 짚과 곡식자루가 가득 실려 있었다. 나는 뒤쪽으로 가서 자루와 자루 사이의 틈에 자리를 잡았다. 수레가 뒤로 쏠려서 덜컹거릴 때마다 나는 짚 더미 위로 미끄러졌다.

길을 가는 내내 정말 겁났다. 미끄러질 때마다 내가 수레에서 떨어지거나 그게 아니면 곡식 자루가 나를 덮칠 것 같았다.

어떤 여인숙 앞에서 수레가 멈췄다. 아주머니 한 분이 우리를 수레에서 내리게 했고, 옷에 묻은 짚을 털어준 뒤 우유를 마시게 했다. 우리를 쓰다듬으면서 아주머니가 쉬콩 신부님에게 물었다.

"아이들 아버지가 아이들을 찾으러 올 것 같으세요?"

쉬콩 신부님은 탁자에 담뱃대를 두드리면서 고개를 저었다. 신부님은 두꺼운 입술을 일그러트리며 대답했다.

"아마 멀리 갔을 겁니다. 지라르네 아들이 파리로 가는 길에서 애들 아빠를 봤다고 하더군요."

쉬콩 신부님은 우리를 계단이 아주 많은 예쁜 집으로 데리고 갔다.

신부님은 몸짓이 크고 투르 드 프랑스*에 대해 말하는 어떤 아저씨와 오랫동안 이야기를 나눴다. 그 아저씨는 내 머리에 손을 얹고 여러 번 말했다.

"아이들이 있다는 말은 없었는데."

나는 아빠에 관한 이야기라는 걸 깨닫고 아빠를 만나게 해 달라고 부탁했다. 그 아저씨는 아무 말 없이 나를 바라보다가 쉬콩 신부님에게 물었다.

"이 아이는 몇 살인가요?"

"다섯 살 정도요." 쉬콩 신부님이 말했다.

그동안 언니는 계단에서 새끼 고양이와 놀고 있었다.

다시 수레를 타고 콜라스 수녀님에게 갔다. 수녀님은 우리를 보고 투덜댔고 우리를 떠밀었다. 며칠 후 수녀님은 우리를 기차에 태웠고, 그날 저녁 우리는 어린 여자아이들이 많이 있는 큰 집에 도착했다.

가브리엘 수녀님은 곧바로 언니와 나를 떼어놓았다. 수녀님

* 매년 7월 프랑스에서 열리는 사이클 대회이다.

은 언니는 중간 그룹에 갈 정도로 꽤 크지만, 나는 어린 그룹에 있어야 한다고 말했다.

가브리엘 수녀님은 나이가 많고 아주 체구가 작고 말랐으며 등이 굽어 있었다. 그녀는 기숙사와 급식실 담당이었다. 가브리엘 수녀님은 우리가 침대에 누워 있으면 잠옷과 침대 시트 사이로 건조하고 딱딱한 팔을 집어넣어서 시트가 깨끗한지 확인했고, 시트가 젖어 있으면 정해진 시간에 가느다란 막대기로 때렸다.

가브리엘 수녀님은 급식실에서 엄청나게 큰 노란색 단지에 샐러드를 만들었다.

그녀는 소매를 어깨까지 걷어 올린 채 검고 앙상한 팔을 넣어 샐러드를 섞고 또 섞었다. 소스가 뚝뚝 떨어지고 번들거리는 그녀의 팔을 보면 비 오는 날의 죽은 나뭇가지가 생각났다.

나는 금방 친구가 생겼다.

그 여자아이는 부끄러워하는 기색 없이 몸을 좌우로 흔들면서 다가왔다.

내가 앉아 있던 벤치보다도 작은 그 아이는 아무렇지 않게 내게 팔꿈치를 기대고 말했다.

"넌 왜 안 놀아?"

나는 옆구리가 아프다고 대답했다.

"아, 맞다. 너희 엄마가 폐병에 걸렸다고 했지. 가브리엘 수녀님이 너 금방 죽을 거라고 했어." 아이가 말했다.

그 아이는 벤치 위로 기어 올라와서 다리를 모으고 앉았다. 그리고 내 이름이 뭔지 나이는 몇 살인지 묻고, 자기 이름은 이즈메리고 나보다 나이는 많지만 의사 선생님이 절대 키가 크지 않을 것이라고 말했다고 했다. 그 아이는 우리를 가르치는 선생님이 마리에메 수녀님인데, 매우 못됐고 떠드는 아이들을 심하게 혼낸다고 알려주었다.

그 아이가 갑자기 일어서더니 큰 소리로 외쳤다.

"오귀스틴!"

이즈메리의 목소리는 남자아이 같았고, 다리는 살짝 굽어 있었다.

쉬는 시간이 끝나고 나는 이즈메리가 오귀스틴의 등에 업혀 있는 것을 봤다. 오귀스틴은 이즈메리를 땅에 던져버릴 듯이 이쪽 어깨에서 저쪽 어깨로 흔들어댔다. 내 앞을 지나가면서 이즈메리가 큰 소리로 외쳤다.

"너도 나 업어줘, 알았지?"

나는 얼마 뒤에 오귀스틴을 알게 되었다.

눈이 아픈 게 점점 더 심해졌다. 밤이면 눈꺼풀이 서로 붙어서 아무것도 볼 수 없어서 다른 사람들이 내 눈꺼풀을 씻어줘야 할 정도였다. 의무실로 나를 데려가는 건 오귀스틴 담당이었다. 오귀스틴은 매일 아침 기숙사로 나를 데리러 왔다. 나는 오귀스틴이 문에 도착하기도 전에 그 애가 오는 소리를 들을 수 있었다. 오래 걸리지 않았다. 그 여자애는 내 손을 잡고 내가 침대에 부딪히지 않는지 살피지도 않고 내게 걸어왔던 그 속도로 나를 끌고 나갔다.

우리는 바람처럼 복도를 지나서 눈사태가 일어나는 것처럼 두 층을 내려왔다. 내가 계단을 잘못 디딜 때도 있었다. 나는 허공으로 떨어지는 것같이 계단을 내려왔다. 오귀스틴은 한 손으로 나를 꼭 잡았다.

의무실에 가려면 예배당 뒤를 지나서 온통 하얀색의 작은 집 앞을 지나야 했다. 우리는 거기에서 두 배로 빨리 걸었다.

어느 날 나는 더 이상 빨리 걷지 못하고 무릎이 꺾였다. 오귀스틴은 나를 일으켜 세우고 머리를 한 대 치더니 말했다.

"서둘러. 지금 망자의 집 앞이란 말이야."

그 후로 매일 그 애는 내가 또 넘어질까 봐 망자의 집 앞을 지날 때마다 주의를 주었다.

나는 오귀스틴이 무서워한다는 그 사실이 특히 겁났다. 그 애가 그렇게 힘껏 달린다는 건 거기에 위험한 게 있다는 뜻이었기 때문이다. 나는 땀에 흠뻑 젖고 숨도 제대로 쉬지 못한 채 의무실에 도착했다. 내가 조그만 의자 위로 올라가도록 누군가가 나를 밀었고 눈을 씻어주었을 때 옆구리가 아픈 건 이미 사라진 뒤였다.

마리에메 수녀님의 교실로 나를 데려간 것도 오귀스틴이었다. 그 애가 작은 목소리로 말했다.

"수녀님, 새로 온 학생이에요."

나는 매정한 반응을 예상했지만, 마리에메 수녀님은 웃으며 나를 여러 번 안아주고는 말했다.

"긴 의자에 앉기에는 너무 작구나. 여기에 앉으렴."

그녀는 교탁의 움푹 들어간 부분에서 작은 스툴을 꺼내 나를 앉혔다.

교탁의 그 움푹 들어간 부분에 있으면 얼마나 좋았던가! 모직 치마가 나무 계단과 돌계단 때문에 온통 멍이 든 내 몸을 스칠 때마다 얼마나 따뜻했던가!

종종 마리에메 수녀님은 앉아 있을 때 내가 있는 작은 스툴 양옆으로 발을 내려놓았는데, 그럴 때면 나는 활력 넘치고 따뜻한 두 다리 사이에 갇히곤 했다. 수녀님이 더듬거리며 내 머리를 무릎 사이 치마 위로 누르면 나는 그 부드러운 손길에, 그 따뜻한 베개를 베고 잠이 들었다.

잠에서 깼을 때 나는 탁자를 베고 있었다. 탁자 위에는 마리에메 수녀님이 올려놓은 과자 부스러기나 설탕 부스러기, 사탕 몇 개가 있었다.

주위에서 사람들이 움직이는 소리가 들렸다. 누가 울고 있었다.

"수녀님 아니에요. 제가 아니에요."

날카로운 목소리가 말했다.

"맞아요. 수녀님. 저 애가 맞아요."

내 머리 위에서 따뜻하고 큰 목소리가 조용히 하라고 말했다. 그리고 자로 교탁을 치는 소리가 났는데, 내가 있던 교탁의 움푹 들어간 곳에서는 소리가 울리면서 커졌다.

때로 큰 움직임이 있기도 했다. 수녀님의 두 발이 내가 앉아 있던 조그만 스툴에서 벗어나더니 수녀님이 무릎을 붙이고 의자를 움직였다. 그러자 목과 가슴까지 덮는 수녀님의 하얀 베일이 내 쪽으로 기울어지는 게 보였다. 뾰족한 턱과 가지런하지만 날카로운 치아, 다정한 두 눈은 내게 신뢰감을 주었다.

눈이 아픈 게 나아지자마자 읽기 입문서를 읽을 수 있게 되었다. 단어 옆에 그림이 있는 작은 책이었다. 종종 딸기 그림을 보고 브리오슈 빵*만큼이나 큰 딸기를 상상했다.

교실이 더는 춥지 않자 마리에메 수녀님은 나를 긴 의자에서 이즈메리와 마리 르노 사이에 앉혔다. 둘은 내 침대 옆을 쓰고 있었다. 가끔 마리에메 수녀님은 내가 좋아하는 그 교탁의 움푹 들어간 자리에 앉게 해주었고, 나는 거기에서 이야기책을 찾아서 시간 가는 줄 모르고 읽었다.

어느 날 아침 이즈메리는 마리에메 수녀님이 이제 수업을 하지 않고, 가브리엘 수녀님을 대신해서 기숙사와 급식실을 담

* 이스트를 넣은 빵 반죽에 버터와 달걀을 듬뿍 넣어 고소하고 약간의 단맛이 있는 프랑스의 전통 빵이다.

당하게 되었다고 몰래 알려주었다. 이즈메리는 그 사실을 어디서 알았는지는 말해주지 않았지만, 그 때문에 아주 슬퍼했다.

가브리엘 수녀님은 이즈메리를 어린아이처럼 대해주었기 때문에 이즈메리는 가브리엘 수녀님을 정말 좋아했다. 하지만 그 애는 마리에메 수녀님은 좋아하지 않았고, 듣는 사람이 우리밖에 없을 때는 마리에메 수녀님을 무시하듯이 말했다.

이즈메리는 또 마리에메 수녀님은 우리가 자신을 업어주는 것을 허락해주지도 않고, 계단을 비스듬히 올라가는 가브리엘 수녀님처럼 놀릴 수도 없다고 말했다.

그날 저녁 기도가 끝나고 가브리엘 수녀님이 우리에게 떠난다고 알렸다. 가브리엘 수녀님은 제일 어린아이들부터 시작해서 우리 모두를 안아주었다. 기숙사로 올라가는 길은 엉망진창이었다. 큰 아이들은 속닥거렸고 앞에 서서 마리에메 수녀님에게 반항했다. 작은 아이들은 위험이 다가오는 것처럼 훌쩍거렸다.

내 등에 업혀 있던 이즈메리 역시 갑자기 울면서 작은 손으로 내 목을 약간 졸랐고, 그 애가 흘린 눈물이 내 목 위로 떨어졌다.

가브리엘 수녀님은 계속 "쉿! 쉿!" 소리를 내며 힘들게 계단을 올라갔고 그 소리는 전혀 줄어들지 않았지만, 아무도 수녀님을 비웃을 생각을 하지 않았다. 작은 아이들 기숙사에서 일하는 보모도 울었다. 그녀는 내 옷을 벗기면서 내 몸을 조금 흔들고 말했다.

"넌 좋지? 네가 좋아하는 마리에메 수녀님이 오니."

우리는 그녀를 에스더라고 불렀다.

고아원에서 일하는 보모는 총 세 명이었는데, 내가 가장 좋아했던 사람이 에스더였다. 에스더는 약간 무뚝뚝했지만 우리를 꽤 좋아했다.

그날 밤 에스더는 다음 날 회초리를 맞지 않도록 밤에 오줌을 싸는 나쁜 습관이 있는 아이들을 미리 깨웠다. 내가 기침을 계속하자 에스더는 일어나서 내 입에 축축한 설탕 조각을 넣어주었다. 그녀는 아주 여러 번 내가 얼음장 같은 내 침대에서 빠져나와서 그녀 침대 속에서 몸을 녹일 수 있게 해주었다.

다음 날 급식실에는 침묵이 흘렀다. 보모들은 우리에게 계속 서 있으라고 말했다. 큰 아이들 가운데 몇 명은 자신만만한 표정으로 똑바로 서 있었다. 보모 쥐스틴은 탁자 끝에서 공손하지만 슬픈 표정을 지었고, 보모 네롱은 헌병 같은 분위기로 급식실 중앙에서 왔다 갔다 했다.

네롱은 어깨를 으쓱대며 계속 추시계를 봤다.

마리에메 수녀님이 문을 열어둔 채 들어왔다. 하얀 앞치마를 두른 수녀님은 소매도 하얀색이라서 더 커 보였다. 수녀님은 모든 사람을 쳐다보면서 천천히 걸었다. 옆에 매달린 묵주가 작은 소리를 냈고, 치마 아랫단이 살짝 흔들렸다. 수녀님은 계단을 세 개 올라서 연단 앞에 섰고, 우리에게 앉으라고 손짓했다.

그날 오후 수녀님은 우리를 시골로 데려갔다.

날이 더웠다. 나는 수녀님 가까이에 앉으려고 언덕 위로 갔다. 수녀님은 아래쪽 들판에서 놀고 있는 아이들을 주시하면서 책을 읽고 있었다. 수녀님은 석양을 오랫동안 바라보면서 계속 이야기했다.

"정말 예쁘네. 아름다워!"

그날 저녁 작은 아이들이 머무는 기숙사에서 회초리가 사라졌고, 급식실에서는 긴 주걱과 함께 샐러드가 돌아왔다. 그 밖에 바뀐 것은 없었다. 우리는 아홉 시 반이면 교실로 갔고, 오후에는 기름 가게에 팔 호두를 깠다.

큰 아이들이 작은 망치로 호두를 깨면 작은 아이들이 알맹이를 분리했다. 호두를 먹는 것은 금지돼 있었고, 먹기도 쉽지 않았다. 내가 못 먹는 걸 다른 아이가 먹으면 고자질하는 아이들이 꼭 있었기 때문이다.

보모 에스더는 아이들의 입안을 검사했다. 그녀는 항상 걸리는 아이 앞에서 시간을 끌기도 했다. 그녀는 눈을 부릅뜨고는 아이의 따귀를 때리면서 말했다.

"내가 널 지켜보고 있어."

그녀는 우리 몇 명을 아주 신뢰했다. 그녀는 우리를 살피는 척하며 우리더러 돌아보라고 시켰고, 웃으며 말했다.

"입 닫아."

나도 호두가 먹고 싶었지만, 눈이 좋은 보모 에스더가 내 앞을 지나가면 그녀의 믿음을 저버리려고 생각한 나 스스로가 부끄러워서 얼굴이 붉어졌다.

하지만 호두를 먹고 싶다는 욕구가 너무 강해져서 나중에는 그 생각밖에 들지 않았다. 몇 날 며칠 어떻게 하면 걸리지 않고 호두를 먹을 수 있을까 생각했다. 소매 안에 숨기려고 했지만 너무 서툴러서 호두를 금세 잃어버렸다. 그러면 호두를 많이, 더 많이 먹고 싶어졌다. 꼭 한 자루는 먹을 수 있을 것만 같았다.

어느 날 마침내 기회가 왔다. 보모 에스더가 우리를 기숙사로 데려주다가 껍질을 밟고 미끄러지면서 등을 놓쳤고 불이 꺼졌다. 마침 호두가 가득 들어 있던 냄비 옆에 있던 나는 호두를 한 움큼 집어서 주머니에 쑤셔 넣었다.

모두 침대에 눕자 나는 주머니에서 호두를 꺼내서 시트를 둘러쓰고 힘껏 깨물었다. 하지만 기숙사 전체에 호두를 깨무는 소리가 들리는 것 같았다. 아무리 느릿하게 살살 깨물어도 망치질 소리처럼 크게 들렸다. 보모 에스더가 일어났다. 그녀는 램프를 켜고 몸을 숙여서 침대 아래를 하나씩 살폈다.

그녀가 내 곁으로 오자 나는 겁에 질린 채 그녀를 바라봤다. 그녀는 낮은 목소리로 말했다.

"아직 안 잤니?"

그러고는 다른 침대 밑을 살폈다. 기숙사 끝까지 침대를 모두 돌아보고 문을 열었다가 닫았다. 그런데 그녀가 다시 눕자마자 램프가 꺼지고 누가 문을 연 것처럼 문 걸쇠가 덜컹거렸다.

에스더가 다시 램프를 켜더니 말했다.

"이건 좀 심한데. 고양이가 혼자 문을 연 건 아닐 텐데."

그녀는 겁을 먹은 것 같았다. 침대 안에서 그녀가 움직이는 소리가 들리더니 갑자기 그녀가 소리를 지르기 시작했다.

"신이시여, 신이시여!"

이즈메리가 에스더에게 무슨 일이냐고 물었다. 에스더는 누가 암고양이에게 문을 열어주었고, 얼굴에 숨을 크게 내쉬는 것을 느꼈다고 말했다.

어슴푸레했지만 문이 반쯤 열린 게 보였다. 나는 정말 무서웠다. 악마가 나를 데리러 온 것만 같았다. 오랜 시간이 흐르고 더는 아무 소리도 들리지 않았다. 에스더는 우리 가운데 누군가가 일어나서 램프 불을 꺼줄 수 있는지 물었다. 하지만 램프는 그녀의 침대에서 그리 멀지 않았다. 아무도 대답을 하지 않았다. 그러자 그녀가 내 이름을 불렀다. 내가 일어나자 그녀는 내게 말했다.

"너는 착하니까 죽은 사람들이 다시 찾아와도 너에겐 해코지 안 할 거야."

내가 램프를 불어서 끔과 동시에 에스더는 입을 다물었다. 그 순간 나는 수천 개의 점이 반짝이는 것을 봤고, 뺨에 극심한 한기를 느꼈다. 나는 입에서 불을 뿜는 녹색 용들이 침대 밑에 있다고 느꼈다. 발에서 용의 발톱이 느껴졌고, 내 머리 양옆으로 불빛이 솟아올랐다. 나는 정말 앉고 싶었고, 침대로 가는 동안 내 발이 사라졌다고 확신했다. 용기를 내서 겨우 확인해보니 차디찬 두 발은 여전히 그대로 잘 달려 있었고, 나는 양손으로 발을 잡은 채 잠들었다.

아침이 되자 보모 에스더가 문 가까이에 있는 침대 밑에서 암고양이를 발견했다.

암고양이는 밤사이 새끼를 낳았다.

우리는 마리에메 수녀님에게 지난밤에 일어난 일을 보고했다. 마리에메 수녀님은 문을 연 건 암고양이가 확실하다고 대답하면서 걸쇠 쪽으로 움직였다. 하지만 정확하게 무슨 일이 있었는지는 확실치 않았고, 어린아이들은 소리 낮춰 오랫동안 그날 밤에 관해 이야기했다.

그다음 주가 되자 여덟 살이 된 아이들은 모두 큰 아이들이 자는 방으로 내려갔다.

내 침대는 창문 가까이 있었는데, 그 창문은 마리에메 수녀님의 방과 아주 가까웠다.

마리 르노와 이즈메리는 여전히 내 옆이었다. 우리가 잠자리에 들면 가끔 마리에메 수녀님이 와서 내 침대 쪽 창 가까이에 앉았다. 그녀는 내 손을 쓰다듬으면서 창밖을 바라봤다. 어느 날 밤 근처에서 큰불이 났다. 기숙사가 온통 환했다. 마리에메 수녀님은 창문을 활짝 열고 나를 흔들어 깨우더니 말했다.

"일어나. 불 난 것 좀 보렴."

그녀는 나를 안았다. 나를 깨우려고 내 얼굴을 두드리면서 계속 말했다.

"불 난 것 좀 보렴. 얼마나 아름답니."

나는 너무 졸려서 마리에메 수녀님 어깨에 머리를 기댔다. 마리에메 수녀님은 나를 어린 짐승이라고 부르며 내 뺨을 찰싹 때렸다. 나는 잠이 깨서 울기 시작했다. 마리에메 수녀님은 다시 나를 안았다. 그리고 앉아서 나를 꼭 안고 달래주었다.

마리에메 수녀님은 창 가까이 머리를 가져다 댔다. 그녀의 얼굴은 창백했고 눈은 반짝거렸다.

이즈메리는 마리에메 수녀님이 창문 근처로 오는 걸 절대 원하지 않았다. 수다를 떨 수 없었기 때문이다. 이즈메리는 항상 말할 거리가 있었다. 이즈메리의 목소리가 너무 커서 방 다른 쪽에서까지 들렸다. 그러자 마리에메 수녀님이 말했다.

"또 이즈메리가 떠드는구나."

이즈메리가 말대답을 했다.

"또 마리에메 수녀님이 혼내는구나."

나는 이즈메리가 그렇게 겁 없이 굴자 당황했다. 나는 마리에메 수녀님이 이즈메리의 말을 못 들은 척한다고 생각했다.

하지만 어느 날 수녀님이 이즈메리에게 말했다.

“난쟁이, 말대답하지 마세요.”

이즈메리는 소리쳤다.

“난 코로 듣는다!”

그건 우리끼리 “난 네 말을 듣기 싫으니 귀가 아니라 코로 듣고 있어”라는 뜻으로 쓰는 말이었다.

마리에메 수녀님이 가죽채찍 쪽으로 빠르게 걸어갔다. 나는 이즈메리의 작은 몸이 불쌍해서 몸을 떨었지만, 이즈메리는 엎드려서 온몸을 비틀고 꼬며 이상한 소리를 질러댔다. 마리에메 수녀님은 혐오스럽다는 듯 발로 이즈메리를 밀었고, 멀리 채찍을 휘두르며 말했다.

“이 작은 게 어찌나 소름 끼치는지!”

그 후 마리에메 수녀님은 이즈메리를 쳐다보지도 않았고, 그 애의 무례한 말이 들리지 않는 듯 행동했다. 하지만 마리에메 수녀님은 우리가 이즈메리를 업어주는 것을 엄격하게 금지시켰다. 그래도 이즈메리는 원숭이처럼 내게 기어 올라왔다. 나는 그 여자애를 밀어낼 용기가 없었고 몸을 조금 낮춰서 그 애가 내 등에 업히도록 내버려 뒀다.

기숙사로 올라갈 때는 더했다. 이즈메리는 계단을 오르는 걸 가장 힘들어했는데, 자신이 닭처럼 계단을 올라간다며 스스로를 비웃었다.

앞쪽에 항상 마리에메 수녀님이 있었기 때문에 나는 뒤쪽에 서려고 노력했다. 하지만 가끔 마리에메 수녀님이 갑자기 뒤를 돌아볼 때가 있었다. 그러면 이즈메리는 놀랄 만한 속도와 재주로 내 등에서 내려왔다.

나는 마리에메 수녀님이 쳐다보면 항상 약간 불편했는데, 그럴 때면 이즈메리는 꼭 내게 이렇게 말했다.

“네가 얼마나 멍청한지 좀 봐. 너 또 걸렸어.”

이즈메리는 마리 르노의 등에는 절대로 기어오르지 않았다. 마리 르노는 이즈메리가 우리의 옷을 망가뜨리고 더럽게 만든다면서 밀어냈기 때문이다.

이즈메리가 엄청 수다스럽다면, 반대로 마리 르노는 절대로 말을 하지 않았다.

매일 아침 마리 르노는 내 침대 정리를 도와주었다. 그 애는 손으로 침대 시트의 주름을 정성스럽게 폈다. 하지만 내가 그 애의 침대 정리를 도와주려고 하면 내가 시트를 아무렇게나 만다며 완강하게 거절했다. 나는 잠을 자고 일어나도 항상 흐트러짐이 없는 마리 르노의 침대를 보면 놀라움을 금치 못했다.

결국 그 애는 자신의 침대 매트리스 반대편에 시트와 이불을 고정하는 것을 내게 부탁했다. 그 애는 온갖 물건들을 숨겨 놓는 곳이 여러 군데 있었다. 마리 르노는 항상 식탁에서 그 전날 나온 음식 부스러기를 먹었다. 주머니 속에 남겨둔 것이었다. 그녀는 음식 부스러기를 만지작거렸고 때때로 더 작은 조각으로 나눠서 먹었다. 나는 마리 르노가 구석에서 바늘로 레이스를 뜨는 모습을 자주 봤다.

그 애가 가장 기쁘게 생각하는 건 털고 접고 정리하는 일이었다. 그래서 그녀 덕분에 내 신발은 항상 왁스 칠이 잘 되어 있었고, 일요일에 입을 옷은 곱게 개켜 있었다.

이 일은 마들렌느라는 새로운 보모가 오는 날까지 계속되었다. 그녀는 얼마 지나지 않아서 내 노력으로 옷이 잘 정리된 게 아님을 알아차렸다. 그녀는 나를 아양이나 떠는 게으름뱅이로 취급했고 내가 아가씨처럼 대접 받으면서 돈 한 푼 없는 불쌍한 마리 르노에게 일을 시키는 건 부끄러운 일이라고 말하며 소리를 지르기 시작했다. 보모 네롱도 마들렌느의 말에 맞장구를 치며, 내가 잘난 척하고 모든 이들보다 우위에 있다고 믿고 있고 다른 사람들이 하는 일을 아무것도 하지 않고 다른 사람들과 조화를 이루지 못한다며 나 같은 애는 처음 본다고 말했다.

마들렌느와 네롱은 내 쪽으로 몸을 숙인 채 동시에 소리를 질렀다.

나는 고함을 지르는 흑인 요정과 백인 요정에 관해 생각했다. 네롱은 엄청나게 크고 피부색이 정말 까맸으며, 마들렌느는 금발에 생기가 넘쳤고 벌린 큰 입에는 치아가 벌어져 있고 혀는 크고 두꺼워서 입가에 침이 고여 있었다.

네롱이 내게 손을 올리고 말했다.

"눈 아래로 깔아!"

그리고 다른 곳으로 가면서 말했다.

"저 애가 너를 저렇게 쳐다보는 건 널 비난하는 거야."

예전부터 네롱이 황소를 닮았다는 것은 알았지만, 마들렌느가 어떤 동물을 닮았는지는 도저히 알아낼 수 없었다. 나는 내가 아는 모든 동물의 이름을 떠올리며 몇 날 며칠을 고민했지만 결국 포기했다.

마들렌느는 뚱뚱했고 허리를 굽힌 채 걸어 다녔다. 그리고 목소리가 날카로워서 모든 사람을 놀라게 했다.

그녀는 예배당에서 노래하기를 원했지만 성가를 알지 못했기 때문에 마리에메 수녀님이 나로 하여금 그녀에게 성가를 가르치게 했다. 마리 르노는 마침내 누구에게도 발각될 위험 없이 내 옷을 다시 털고 접을 수 있게 되었다. 그 애는 너무 기쁜 나머지 내가 항상 잃어버리는 손수건을 옷에 달 수 있도록 옷핀을 선물로 주었지만, 이틀 뒤에 나는 옷핀과 손수건을 모두 잃어버렸다.

아, 그 손수건, 끔찍한 악몽이다! 지금까지도 그 손수건을 생각하면 가슴이 아프다. 몇 년 동안 나는 일주일마다 손수건을 하나씩 잃어버렸다.

마리에메 수녀님은 우리가 그녀 앞쪽 땅에 버렸던 더러운 것들을 닦으라고 손수건을 주었다. 바로 그때 손수건이 생각났다. 나는 호주머니를 모두 뒤졌다. 그리고 기숙사와 복도, 심지어 다락까지 뒤졌다. 나는 모든 곳을 찾아봤다. 맙소사, 손수건을 찾을 수만 있다면…!

성모상 앞을 지나면서 나는 두 손을 꽉 움켜쥐었다.

"성모 마리아님, 제가 손수건을 찾을 수 있게 해주세요!"

하지만 나는 손수건을 찾지 못했고 당황해서 얼굴이 벌건 채로 숨을 헐떡이면서 돌아갈 수밖에 없었다. 그리고 마리에메 수녀님이 나에게 내민 손수건을 감히 받지 못했다.

나는 지레 혼날 것이라고 예상했다. 질책을 받지 않은 날에는 인상을 찌푸리고 화난 눈이 계속 나를 따라다녔다. 나는 너무 부끄러워서 발도 겨우 들어 올렸다. 아주 조심스럽게 걸어 다녔고 몸도 흔들지 않았다. 그런데도 계속 손수건을 잃어버렸다.

마들렌느는 나를 동정하는 척했다. 그러면서도 내가 심하게 혼날 만하다는 말을 항상 참지 않았다.

마들렌느는 마리에메 수녀님에게 큰 애착을 느끼는 것 같았다. 그녀는 마리에메 수녀님을 세심하게 살폈으며 조그만 질책에도 눈물을 쏟았다.

그녀는 발작처럼 울음을 토해냈고 마리에메 수녀님은 뺨을 쓰다듬으며 그녀를 달랬다. 그러면 그녀는 웃으면서 동시에 울었다. 그녀는 어깨를 움직여서 자신의 흰 목이 보이게 했는데, 네롱은 그걸 보고 마들렌느가 암고양이처럼 보인다고 말했다.

어느 날 아주 조용히 점심을 한창 먹던 중에 소동이 한차례 있었고 보모 네롱이 떠났다. 그녀는 갑자기 소리를 지르기 시작했다.

"그래, 난 떠나고 싶어. 떠나겠다고!"

마리에메 수녀님은 무척 놀라서 그녀를 바라봤고, 그녀는 고개를 숙여 수녀님을 마주 보고는 몸을 떨고 앞뒤로 흔들며 이제 더는 코흘리개에게서 명령을 받지 않겠다며 더 크게 소리 질렀다. 그렇다, 확실하게 코흘리개라고 말했다.

그녀는 문 가까이까지 뒷걸음질 쳤다. 문에 머리를 마구 들이박으면서 문을 열었고, 사라지기 전에 마리에메 수녀님 쪽으로 팔을 크게 휘두르며 경멸 어린 눈빛으로 말했다.

"저건 스물다섯밖에 안 먹었어!"

아이들 몇 명이 겁에 질렸지만, 다른 아이들은 웃음을 터트렸다. 마들렌느는 정말로 신경발작을 일으켰다. 마들렌느는 마리에메 수녀님의 무릎 쪽으로 쓰러져서 수녀님의 다리를 감싸 안고 수녀복을 붙잡았다. 또 수녀님 손을 붙잡고 그 두껍고 축축한 입술을 문질러댔다. 그러면서도 끔찍한 재난이 일어난 것처럼 소리를 계속 질러댔다.

마리에메 수녀님은 마들렌느로부터 벗어나려고 애쓰다가 결국 화를 냈다. 그러자 마들렌느는 뒤로 쓰러지면서 기절했다.

수녀님은 마들렌느의 손에서 벗어나면서 내 쪽으로 신호를 보냈다. 나는 내 도움이 필요한가 보다 생각하고 수녀님에게 달려갔다. 하지만 수녀님은 내 도움을 거절했다.

"아니 너 말고, 마리 르노!"

수녀님은 마리 르노에게 열쇠를 주었다. 마리 르노는 수녀님 방에 한 번도 들어가 본 적이 없었지만 수녀님이 부탁한 작은 병을 곧바로 찾아왔다.

마들렌느는 금방 정신을 차렸고, 네롱을 대신해서 권력을 휘둘렀다. 마들렌느는 마리에메 수녀님 앞에서는 조용하고 복종하는 것처럼 행동했다. 하지만 우리 앞에서는 태도를 바꿔서 자신은 보모가 아니라 감시자라며 끊임없이 고함을 질렀다.

마들렌느가 기절했던 날, 나는 그녀의 가슴을 보게 되었는데 너무 아름다워서 그와 비슷한 것은 전혀 상상이 가지 않았다.

하지만 나는 마들렌느를 멍청하다고 생각했고, 그녀가 혼내는 말은 신경 쓰지 않았다. 그게 그녀를 화나게 했다. 그녀는 내게 욕설을 퍼부었고 마지막에는 항상 나를 '공주님 나부랭이'라고 불렀다.

마들렌느는 마리에메 수녀님이 나를 좋아하는 것을 참지

못했다. 그래서 수녀님이 나를 안아주는 것을 보면 분해서 얼굴이 빨개졌다.

나는 키가 크기 시작했고 건강도 꽤 좋아졌다. 마리에메 수녀님은 내가 자랑스럽다고 했다. 마리에메 수녀님이 나를 안을 때 너무 꽉 껴안아서 아플 정도였다. 그리고 내 이마에 조심스럽게 손을 올리면서 말했다.

"예쁜 우리 딸! 예쁜 우리 아기!"

휴식 시간에 나는 마리에메 수녀님 근처에 있는 일이 많았다. 나는 마리에메 수녀님이 책을 읽는 걸 듣곤 했다. 마리에메 수녀님은 깊고 날카로운 목소리로 책을 읽었는데, 등장인물들이 마음에 안 들면 책을 홱 덮고 우리와 함께 놀았다.

마리에메 수녀님은 내게 흠이 없기를 바랐다. 그녀는 종종 이렇게 말했다.

"나는 네가 완벽하길 바라. 알았어? 완벽하게."

어느 날 마리에메 수녀님은 내가 거짓말을 했다고 믿게 되었다.

수녀원에는 소가 세 마리 있었는데, 이 소들은 중앙에 엄청나게 큰 밤나무가 있는 잔디밭에서 가끔 풀을 뜯어 먹었다. 그 중 흰 소는 성질이 고약했는데, 이미 어린 여자아이를 짓밟은 적이 있어서 우리는 그 소를 무서워했다.

그날 붉은 소 두 마리와 함께 밤나무 바로 아래에는 아름다운 검은 소도 있었다. 그걸 보고 나는 이즈메리에게 말했다.

"저기 봐, 흰 소를 없애고 딴 소가 왔나 봐. 그 소 못됐잖아."

기분이 좋지 않았던 이즈메리는 소리를 지르기 시작했고, 내가 항상 다른 사람을 놀리고 다른 사람들에게 사실이 아닌 걸 믿게 만들려고 한다고 말했다.

나는 이즈메리에게 그 소를 보게 했다. 이즈메리는 그게 계속 흰 소라고 했고, 나는 검은 소라고 했다.

마리에메 수녀님이 우리 이야기를 들었다. 그녀는 몹시 화가 난 것 같았고 이렇게 말했다.

"어떻게 계속 저 소가 검은색이라고 할 수 있니?"

바로 그 순간 소가 움직였다. 이제 검은색이면서 흰색 같았는데, 그제야 내가 밤나무 그늘 탓에 착각했다는 걸 알게 되었다. 나는 너무 놀라서 아무 대답도 할 수 없었고, 어떻게 설명해야 할지도 몰랐다. 마리에메 수녀님은 무섭게 내 몸을 흔들었다.

"왜 거짓말했어? 어서 대답해! 왜 거짓말했냐고?"

나는 모르겠다고 대답했다.

마리에메 수녀님은 내게 빵과 물만 주고 창고에 가두는 벌을 주었다.

나는 거짓말하지 않았기 때문에 벌을 받는 것은 신경 쓰지 않았다.

창고에는 오래된 서랍장과 정원용 도구가 있었다. 나는 물건을 하나씩 타고 올라가서 가장 높은 서랍장 위에 앉았다.

이제 나는 열 살이었지만 혼자 있는 건 처음이었다. 나는 만족감 같은 것을 느꼈다. 다리를 흔들면서 보이지 않는 세계를 상상했다. 녹슨 철제 서랍장은 멋진 성의 입구가 되었다. 나는 산속에 버려진 어린 소녀였다. 요정처럼 차려입은 아름다운 여인이 나를 알아차리고 나를 찾으러 왔다. 멋진 개들이 그녀의 앞에서 뛰어다녔다. 마리에메 수녀님이 철제 서랍장 앞에서 사방을 둘러보고 있는 걸 봤을 때, 개들은 거의 내 발밑까지 와 있었다.

나는 내가 서랍장 위에 앉아 있다는 사실을 잊었다. 아직 산속에 있다고 생각했고, 수녀님이 나타나면서 궁전과 모든 인물들이 사라졌다고 생각하니 그저 짜증이 났다.

마리에메 수녀님은 내 발이 흔들리는 것을 보고서 내가 어디에 있는지 찾아냈다. 그와 동시에 나는 내가 서랍장 위에 있다는 사실을 깨달았다.

마리에메 수녀님은 고개를 들고 잠시 나를 쳐다봤다. 그리고 앞치마 주머니에서 빵 한 조각과 소시지 한 조각, 조그만 포도주병을 꺼내서 하나씩 내게 보여주면서 화난 목소리로 말했다.

"너 먹으라고 가져온 거였는데. 흠, 글쎄…."

마리에메 수녀님은 음식을 전부 주머니에 다시 넣고는 가버렸다.

잠시 뒤에 마들렌느가 빵과 물을 가져다주었고, 나는 저녁까지 창고에 있어야 했다.

마리에메 수녀님이 한동안 슬퍼하는 일이 있었다. 수녀님은 더는 우리와 놀아주지 않았고, 종종 우리의 저녁 시간을 잊어버렸다. 마들렌느가 수녀님을 찾아오라며 나를 예배당으로 보냈다. 마리에메 수녀님은 예배당에서 무릎을 꿇고 손에 얼굴을 묻고 있었다.

수녀님은 내가 부르는 소리를 듣지 못해서 나는 수녀복을 잡아당겨야 했다. 수녀님이 운 것 같은 날도 여러 번 있었다. 하지만 나는 수녀님을 화나게 할까 봐 무서워서 수녀님을 쳐다보지 않았다. 수녀님은 기운이 완전히 빠진 것처럼 보였고, 누가 수녀님에게 말을 걸면 수녀님은 생기 없이 "네" "아니요"로만 답했다.

그래도 매년 해오던 조촐한 부활절 파티는 적극적으로 준비했다. 수녀님은 케이크를 가져와서 식탁 위에 올려놓고는 아이들이 먹지 못하게 하얀색 천으로 덮었다.

파티에서는 식탁에서 말해도 괜찮았기 때문에 저녁 식사는 엄청나게 시끄러운 가운데 지나갔다. 수녀님은 모두에게 예쁜 미소와 함께 덕담을 해주었다. 그리고 마들렌느와 함께 우리에게 케이크를 나눠주려고 그 위의 천을 걷었다.

바로 그 순간 밑에 있던 암고양이가 펄쩍 뛰어오르더니 달아났다. 마리에메 수녀님과 마들렌느는 길게 "아!"라 외쳤고, 그다음 마들렌느가 고함을 질렀다.

"이 더러운 짐승 같으니. 케이크를 전부 파먹었잖아!"

마리에메 수녀님은 암고양이를 좋아하지 않았다. 수녀님은 잠깐 멍하니 있다가 막대기를 들고 와서 고양이를 뒤쫓아 갔다.

끔찍한 경주였다. 겁에 질린 고양이는 막대기를 피해 사방으로 뛰어올랐고, 막대기는 결국 의자와 벽만 쳤다. 어린아이들은 모두 겁을 먹었고 문 쪽으로 도망쳤다. 수녀님이 한마디로 아이들을 멈추게 했다.

"아무도 나가지 마!"

수녀님의 얼굴은 알아보기 힘들 정도였다. 입술은 앙다물고 있었고, 쓰고 있는 베일만큼이나 볼은 하얗고, 두 눈에서는 불길이 일고 있었는데, 나는 수녀님의 얼굴이 너무 무서워서 팔에 얼굴을 묻었다.

내 의지와 달리 나는 다시 수녀님을 쳐다봤다. 추적은 계속되고 있었다. 수녀님은 막대기를 높이 든 채 말도 없이 고양이를 쫓고 있었다. 수녀님의 입이 벌어져 있어서 날카로운 작은 이빨이 보였다. 수녀님은 치마를 재빨리 들어 올려 긴 의자를 뛰어넘고 식탁 위로 뛰어오르는 등 사방으로 뛰어다녔다. 거의 잡혔다 싶은 순간 고양이는 창문으로 높이 뛰어올라서 커튼 뒤에 매달렸다.

마들렌느는 마치 무게가 조금 나가는 어린 개처럼 움직이면서 수녀님의 뒤를 쫓았다. 마들렌느가 좀 더 긴 막대기를 찾으러 가려고 했지만, 수녀님은 몸짓으로 멈추라고 하고는 말했다.

"고양이가 도망쳤다!"

내 근처에 있던 보모 쥐스틴이 눈을 가리며 말했다.

"오! 부끄러운 일이야! 부끄러운 일!"

나도 역시 부끄러운 일이라고 생각했다. 이제껏 결점이 없다고 생각해왔던 마리에메 수녀님에 대한 신뢰가 깨졌다. 이 장면을 보고 폭풍우가 치던 날이 생각났다. 그날의 수녀님은 얼마나 대단했던가! 그날도 수녀님은 긴 의자 위에 올라갔다. 수녀님은 아름다운 팔을 들어서 높은 곳에 있는 창문을 조용히 닫았는데, 그 바람에 넓은 소매가 어깨까지 흘러내려 왔다. 우리가 번개와 강풍에 겁을 먹자 수녀님은 차분한 목소리로 말했다.

"하지만… 이건 태풍일 뿐이야!"

이제 수녀님은 어린아이들을 방 안쪽으로 물러서게 했다. 수녀님은 문을 활짝 열었고, 고양이는 단 세 번의 도약으로 밖으로 나갔다.

그날 오후, 저녁기도를 올리는 주인공이 원래 계시던 나이 드신 주임 신부님이 아니어서 깜짝 놀랐다.

새로운 주임 신부님은 크고 강해 보였다. 그는 큰 목소리로 뚝뚝 끊듯 찬송을 했다. 그날 저녁 내내 우리는 새로운 주임 신부님에 관해 이야기했다. 마들렌느는 주임 신부님이 잘생겼다고 했고, 마리에메 수녀님은 주임 신부님의 목소리가 젊지만 단어를 노인처럼 발음한다고 말했다. 마리에메 수녀님은 또 주임 신부님의 걸음걸이가 젊고 우아하다고 말했다.

새로운 주임 신부님이 이삼일 후에 다시 방문했을 때, 나는 주임 신부님의 목 위에서 구불거리는 머리카락이 희다는 사실과 눈과 속눈썹이 아주 까맣다는 사실을 알아냈다.

주임 신부님은 교리 교육을 준비하는 아이들을 보자고 했고, 한 명씩 이름을 알고 싶어 했다. 마리에메 수녀님은 나를 대신해서 대답했다. 수녀님은 내 머리 위에 손을 올리고 말했다.

"이 아이는 마리 클레르입니다."

자기 차례가 되자 이즈메리가 다가왔다. 주임 신부님은 이즈메리를 호기심에 가득 찬 눈으로 바라봤고, 자기 앞에서 등을 돌려보라거나 걸어보라고 했다. 주임 신부님은 이즈메리의 키가 세 살짜리 아이만 하다며, 마리에메 수녀님에게 이즈메리가 지능은 있는지 물었다. 그러자 이즈메리가 갑자기 등을 돌리더니 자기는 다른 아이들보다 덜 멍청하다고 대답했다.

주임 신부님이 웃기 시작했는데 치아가 아주 하얀 게 보였다. 주임 신부님은 이야기를 할 때 자신의 의지와 달리 사라지는 자신의 말을 붙잡으려는 듯이 몸을 앞으로 움직였다.

마리에메 수녀님은 주임 신부님을 큰 뜰로 나가는 문까지 배웅했다. 다른 때 수녀님은 방문객들을 방문까지만 배웅했다.

마리에메 수녀님은 연단에 있는 자리로 돌아왔고, 잠시 후 아무도 보지 않은 채 말했다.

"정말 기품 있는 분이야."

주임 신부님은 예배당 바로 옆의 오두막집에서 살았다. 그날 저녁 주임 신부님은 보리수가 심어진 오솔길을 산책하고 있었다. 그는 우리가 놀고 있는 잔디밭 바로 옆을 지나갔고, 허리를 아주 낮게 숙이며 마리에메 수녀님에게 인사했다.

주임 신부님은 매주 목요일 오후에 우리를 보러 왔다. 그는 의자에 등을 기대고 다리를 꼬고 앉아서 우리에게 이야기를 들려주었다. 그는 아주 유쾌했고, 마리에메 수녀님은 주임 신부님이 진심으로 웃는다고 말했다.

가끔 마리에메 수녀님이 아플 때가 있었다. 그러면 주임 신부님은 수녀님 방으로 위문을 갔다.

마들렌느가 찻주전자 하나와 잔 두 개를 가지고 가는 게 보였다. 마들렌느는 얼굴이 상기된 채 급히 움직였다.

여름이 끝나자 주임 신부님은 저녁 식사가 끝나고 저녁에 우리를 보러 와서 우리와 함께 저녁 시간을 보냈다.

아홉 시 종이 울리면 주임 신부님이 떠났다. 마리에메 수녀님은 항상 복도를 지나 큰 문까지 주임 신부님을 배웅했다.

주임 신부님이 새로 온 지 벌써 1년이 지났지만, 나는 여전히 주임 신부님에게 고해성사하는 게 익숙하지 않았다. 주임 신부님은 종종 웃음을 띠며 나를 쳐다봤는데, 그 웃음이 내 죄를 기억하고 있다는 의미 같았다.

우리는 정해진 날에 고해성사를 했다. 각자 차례가 지나갔다. 내 앞에 한두 명밖에 남지 않자 나는 떨기 시작했다. 심장이 너무 심하게 뛰었고, 배가 아파서 숨을 쉴 수가 없었다.

내 차례가 되자 자리에서 일어났지만, 다리가 떨렸고 머리가 윙윙거렸고 볼이 차가워졌다. 나는 고해실에서 무릎을 꿇었고, 멀리서 웅얼거리는 주임 신부님의 목소리가 들려오자 조금 안심이 되었다. 하지만 주임 신부님은 항상 내가 죄를 떠올릴 수 있게 도왔다. 그러지 않으면 나는 내가 지은 죄의 반도 기억하지 못했다.

고해성사가 끝나면 주임 신부님은 항상 내 이름을 물었다. 나는 다른 이름을 대고 싶었지만 어떤 이름을 댈까 생각하는 동안 나도 모르게 내 이름을 입 밖으로 뱉고 말았다.

첫영성체* 날이 다가오고 있었다. 첫영성체는 5월에 열릴 예정이어서 우리는 벌써 준비를 시작했다.

마리에메 수녀님은 새로운 찬송가를 작곡했다. 심지어 주임 신부님을 칭송하는 노래를 만들기도 했다.

첫영성체가 있기 보름 전 우리는 다른 사람들과 분리되었다. 그리고 계속 기도했다.

마들렌느는 우리가 묵상하는 것을 지켜봐야 했지만 이 아이, 저 아이와 싸우면서 묵상을 여러 번 방해했다.

내 동급생은 소피였다.

소피는 시끄럽지 않았고, 우리는 항상 다툼과는 거리가 멀었다. 우리는 심각한 일들에 관해 이야기했다. 나는 소피에게 고해성사가 싫다고 털어놓았고, 죄를 지은 채 영성체를 하는 게 얼마나 겁이 나는지 말했다.

소피는 매우 독실한 신자여서 내가 왜 두려워하는지 전혀 이해하지 못했다. 그 애는 내가 신앙심이 부족하다고 생각했는

* 가톨릭에서 성체성사를 받는 일로, 기독교의 성찬식을 영성체라고 한다. 가톨릭에서는 빵과 포도주가 실제로 그리스도의 살과 피로 변화되며 이를 먹고 마실 때 그리스도와 한 몸이 되는 은총을 받게 된다고 가르친다. 세례를 받은 뒤 처음으로 하는 영성체를 첫영성체라고 한다.

데, 내가 예전에 기도 중에 조는 것도 봤었다.

소피는 죽음이 정말 두렵다고 고백했다. 심지어 목소리까지 낮추면서 겁에 질린 듯이 말했다.

소피의 눈은 거의 녹색이었고, 머리카락은 너무 아름다웠다. 마리에메 수녀님은 소피가 다른 아이들처럼 머리카락을 자르는 것을 허락하지 않았다.

마침내 첫영성체 날이 되었다.

총고해*는 그렇게 힘들지 않았다. 총고해는 따뜻하게 목욕하는 것과 비슷했다. 나는 아주 깨끗해진 것 같았다.

하지만 나는 성체를 받으면서 몸이 너무 떨려서 성체를 이로 조금 깨물어버렸다. 현기증이 났고 내 앞으로 검은색 커튼이 내려오는 것 같았다. 나는 마리에메 수녀님의 목소리를 들었다고 생각했다.

"아프니?"

나는 수녀님이 기도대까지 함께 가준 것과 내게 양초를 쥐여주며 이렇게 말하는 것도 알았다.

* 이미 고백한, 일생 혹은 일정한 기간 동안의 모든 죄를 되풀이해 고백해서 용서를 받는 일.

"잘 잡으렴."

나는 목이 너무 메어서 침을 삼킬 수가 없었고, 입에서 침이 흐르는 걸 느꼈다.

갑자기 미칠 듯한 두려움이 몰려왔다. 마들렌느가 만약 성체를 깨물면 예수님의 피가 우리 입에서 흘러 나와서 어떻게 해도 멈추지 않을 것이라고 경고했기 때문이다.

마리에메 수녀님은 내 얼굴을 닦아준 뒤 아주 낮은 목소리로 말했다.

"집중해야지. 보자, 어디 아프니?"

목이 풀리면서 갑자기 입안에 가득했던 침과 함께 성체를 삼킬 수 있게 되었다.

나는 용기를 내서 옷에 예수님의 피가 묻었는지 살펴봤지만, 물방울처럼 작은 얼룩 말고는 아무것도 보이지 않았다.

나는 손수건으로 입술을 닦고 혀도 닦았다. 하지만 손수건에도 피는 묻지 않았다.

나는 이 모든 게 잘 이해되지 않았지만, 찬송가를 부르기 위해 일어나야 했고 다른 이들과 함께 찬송가를 부르려고 노력했다.

주임 신부님이 그날 낮에 우리를 보러 왔을 때, 마리에메 수녀님은 내가 영성체식 동안 기절할 뻔했다고 말했다. 주임 신부님은 내 얼굴을 들어 올려서 내 눈을 한참 바라본 다음에 웃기 시작했고 내가 아주 예민한 어린 소녀라고 말했다.

첫영성체를 한 뒤 우리는 이제 교실로 가지 않게 되었다. 보모 쥐스틴이 우리에게 바느질하는 법을 가르쳐주었다. 우리는 농사일하는 여자들이 쓰는 머리쓰개를 만들었다. 아주 어렵지는 않았지만 새로운 것이었고 나는 열심히 만들었다.

쥐스틴은 내가 바느질을 아주 잘한다고 했다. 그러자 마리 에메 수녀님이 나를 안아주며 말했다.

"네가 게으름만 극복할 수 있다면 좋을 텐데!"

하지만 머리쓰개를 다 만들고 나면 똑같은 머리쓰개 만들기를 다시 시작해야 했는데 그러자 게으름을 피우고 싶다는 마음이 순식간에 찾아왔다. 나는 지겨웠고 일하겠다는 마음을 먹기가 힘들었다.

나는 다른 사람들이 일하는 것을 지켜보면서 움직이지 않고 몇 시간도 보냈을 것이다.

마리 르노는 조용히 바느질했다. 마리 르노의 바늘땀은 아주 작고 촘촘했는데, 그걸 보려면 시력이 무척이나 좋아야 했다.

이즈메리는 혼나는 걸 무서워하지도 않고 콧노래를 부르면서 바느질했다.

어떤 아이들은 등을 굽히고 이마에 인상을 쓴 채 바느질을 했는데, 젖은 손가락 때문에 바늘에서 삐걱 소리가 났다. 또 어떤 아이들은 피곤한 것도, 지루한 것도 없이 몸을 낮추고 바늘땀을 세면서 천천히 공들여서 바느질했다.

나도 그들처럼 되고 싶었다! 나는 자신을 꾸짖으며 몇 분 동안 그들 흉내를 냈다.

하지만 아주 작은 소리도 신경에 거슬려서 나는 주변에서 일어나는 소리를 듣거나 지켜봤다. 마들렌느는 내가 항상 고개를 든다고 말했다.

나는 스스로 수놓는 바늘을 상상하며 시간을 보냈다.

내 눈에만 보이는 친절한 작은 노파가 큰 굴뚝에서 나와서 내가 만들고 있는 머리쓰개를 재빨리 꿰매주기를 오랫동안 바라기도 했다.

나는 혼이 나도 아무렇지 않게 되었다. 마리에메 수녀님은 나를 어떻게 격려해야 할지도, 혼내야 할지도 알지 못했다.

어느 날 마리에메 수녀님은 내게 하루에 두 번 큰 소리로 낭독을 하게 했다. 내가 아주 기쁘게 생각하는 일이었다. 나는 낭독 시간이 충분히 빨리 오지 않는다는 사실을 깨달았고, 아쉬워하면서 책을 덮었다.

낭독이 끝나면 마리에메 수녀님은 장애를 가진 콜레트에게 노래를 부르게 했다.

콜레트는 항상 같은 노래들만 불렀지만, 목소리가 너무 아름다워서 우리는 노래를 가만히 듣고만 있었다. 그녀는 바느질을 멈추지 않고 단지 고개만 조금 흔들면서 꾸밈없이 노래를 불렀다.

아이들 모두의 사정을 아는 보모 쥐스틴은 콜레트가 아주 어렸을 때 두 다리가 으스러진 채 왔다고 말해주었다.

콜레트는 이제 스무 살이었다. 그녀는 지팡이 두 개를 짚고 힘들게 걸었는데, 늙은이처럼 보일까 봐 목발을 쓰는 걸 원치 않았다.

그녀는 쉬는 시간 동안 항상 혼자 벤치에 앉아 있었다. 계속 기지개를 펴면서 몸을 뒤로 젖혔다. 그럴 때면 그녀의 검은 눈은 눈동자가 너무 커서 흰자가 거의 보이지 않았다.

나는 그녀에게 끌렸고, 그녀의 친구가 되고 싶었다. 그녀는 자존심이 매우 강해 보였는데, 내가 조금 도와주려고 하면 늘 이렇게 말했다. "고마워, 얘야." 그 말을 들으면 내가 열두 살인 게 다시금 생각 났다.

어느 날 마들렌느가 알 수 없는 표정을 하고 콜레트와 단둘이 이야기하면 안 된다고 말했다. 내가 이유를 묻자 마들렌느는 횡설수설하며 길고 복잡한 이야기를 했고, 나는 전혀 알아들을 수 없었다.

나는 다시 쥐스틴에게 이유를 물어봤지만, 그녀도 마찬가지로 호들갑을 떨더니 콜레트에 관해 안 좋은 말을 많이 들었다며 나 같이 어린아이는 콜레트 가까이 가면 안 된다고 말했다.

나는 이유를 전혀 이해할 수 없었다. 콜레트를 지켜보면서 알게 된 것은 매번 큰 언니 한 명이 그녀의 산책을 돕는다는 것과 그 뒤에 서너 명이 그녀 옆으로 와서 그녀와 함께 웃고 떠든다는 것이었다.

나는 콜레트에게 친구가 없다고 생각했다. 그녀에게 이끌리는 마음에 동정심도 커졌고, 어느 날 큰 언니들이 떠나자 나는 콜레트에게 잔디밭을 돌아보겠냐며 손을 내밀었다.

나는 약간 겁먹은 채 그녀 앞에 서 있었다. 하지만 그녀가 거절할 것 같지 않다는 느낌이 들었다.

그녀가 나를 뚫어지게 쳐다보더니 말했다.

“금지된 일인 줄 알지?”

나는 그렇다고 고개를 끄덕였다.

그녀는 고개를 움직여서 나를 더 뚫어지게 쳐다봤다.

“혼나는 거 무섭지 않아?”

나는 무섭지 않다고 고개를 저었다.

나는 정말 울고 싶어서 목이 멨다. 나는 콜레트가 일어나는 걸 도왔다. 그녀는 한 손으로 지팡이를 짚었지만, 그래도 내 쪽으로 무게가 온전하게 쏠렸다.

나는 걷는 게 그녀에게 얼마나 힘든 일인지 이해할 수 있었다. 그녀는 산책하는 동안 단 한 마디도 하지 않았고, 내가 벤치로 다시 데려다주었을 때 나를 바라보며 말했다.

“고마워, 마리 클레르.”

쥐스틴은 내가 콜레트와 함께 있는 것을 보고 팔을 들어 올려 성호를 그었다.

잔디밭 저쪽에서는 마들렌느가 주먹을 보이며 고함을 질렀다.

그날 저녁 나는 마리에메 수녀님이 내가 무슨 일을 했는지 알고 있다는 사실을 눈치챘다. 하지만 수녀님은 나를 전혀 혼내지 않았다.

다음 쉬는 시간에 수녀님은 나를 작은 벤치로 데려가서 두 손으로 내 머리를 감싸더니 내 쪽으로 몸을 숙였다. 수녀님은 아무 말도 하지 않고 내 얼굴을 계속 바라봤다. 꼭 수녀님의 눈이 나를 온통 뒤덮는 것 같았다. 나는 따뜻함을 느꼈고 편안해졌다. 수녀님은 내 이마에 오랫동안 뽀뽀를 했고 웃으며 말했다.

"넌 내 어여쁜 하얀 백합이란다."

나는 여러 가지 빛이 나는 수녀님의 눈이 너무 예쁘다고 생각했고, 수녀님에게 말했다.

"수녀님, 수녀님도요. 수녀님도 예쁜 꽃이에요."

수녀님은 목을 가다듬고 내게 말했다.

"그래, 나는 이제 더는 백합 같지 않단다."

그리고 갑자기 수녀님이 물었다.

"이제 이즈메리를 좋아하지 않니?"

"좋아해요, 수녀님."

"아 그래? 그러면 콜레트는?"

"콜레트도 좋아요."

수녀님이 나를 밀어냈다.

"아! 넌 모든 사람을 좋아하는구나."

나는 거의 매일 콜레트를 도왔다.

그녀는 몇 가지 주의사항에 대해서만 말했다.

내가 옆에 앉으면 그녀는 나를 유심히 쳐다봤다. 그녀는 내 얼굴이 웃기다고 생각했다.

어느 날 그녀는 내가 그녀를 예쁘다고 생각하는지 물었다. 그 순간 나는 마리에메 수녀님이 그녀를 두고 두더지처럼 검다고 말했던 게 기억났다.

나는 콜레트의 넓은 이마와 큰 눈, 선이 가는 다른 얼굴 부위를 봤다. 그녀를 보면서 왜 뜨거운 물이 가득 차 있는 깊고 어두운 우물이 생각났는지 알 수 없었다.

아니, 나는 그녀가 예쁘다고 생각하지 않았다! 하지만 장애인인 그녀에게 차마 그 말을 할 수 없었다. 그래서 나는 그녀의 피부가 하얗다면 더 예뻤을 것이라고 대답했다.

나는 조금씩 그녀의 친구가 되어갔다.

그녀는 일요일마다 아이를 데리고 우리를 보러 오는 니나처럼 이곳을 떠나서 결혼하고 싶다고 털어놨다.

그녀가 내 팔을 톡톡 치고는 말했다.

“봐, 난 결혼을 해야 해.”

그녀는 온몸을 앞으로 쭉 뻗어서 오랫동안 기지개를 켰다.

그녀가 너무 슬프게 울어서 뭐라고 말해야 할지 모르겠는 날도 있었다.

그녀는 완전히 비틀린 자기 다리를 바라봤고, 마치 신음과 같은 목소리로 말했다.

“내가 여기서 나가려면 기적이 필요해.”

갑자기 성모 마리아님이 기적을 일으킬 수 있다는 생각이 떠올랐다.

콜레트는 아주 단순한 방법을 찾아냈다.

그녀는 왜 이제까지 그 생각을 해보지 않았는지 매우 놀랐다. 그녀가 다른 사람들과 같은 다리를 가진다는 것은 무척이나 공평한 일이었기 때문이다!

그녀는 즉시 행동에 옮기고 싶어 했다.

그녀는 ‘9일 기도’를 하려면 여자아이가 여러 명 있어야 한다고 설명했다. 우리가 영성체로 스스로를 정화해야 하고, 은총을 받기 위해 9일 동안 멈추지 않고 기도해야 한다고 말했다.

그리고 이 일은 절대 비밀로 해야 한다고 했다.

신앙심이 깊은 같은 반 친구 소피도 우리와 함께해야 한다는 데 동의했다. 콜레트는 큰 아이들 중에 착한 애들에게 이야기해보기로 했다.

이틀 후 모든 것이 해결되었다.

콜레트는 9일 동안 금식하고 참회해야 했다. 마침 10일째가 되는 날이 일요일이니 그녀는 평소처럼 지팡이와 우리 중 한 명의 도움을 받아 영성체를 받으러 갈 것이다. 그다음 희생 제물로 자신의 아이들을 성모 마리아의 사랑 안에서 키우겠다고 맹세할 것이다. 그러면 그녀는 곧게 설 것이며 그녀의 아름다운 목소리로 찬미의 노래, 테 데움을 부르면 우리는 합창할 생각이었다.

나는 9일 동안 정성껏 기도했는데, 이제껏 그렇게 해본 적이 없었다. 일상적인 기도는 무미건조하게 느껴졌다. 나는 성모의 신도송을 암송했다. 나는 가장 아름다운 찬송을 찾아서 지치지도 않고 반복해서 암송했다.

"스텔라*시여, 콜레트를 낫게 해주소서."

* 성모 마리아의 호칭 중 하나인 '샛별'을 뜻한다.

내가 그렇게 오랫동안 무릎을 꿇고 있었던 건 처음이라 마리에메 수녀님이 나를 꾸짖으러 왔다.

아무도 우리가 작은 신호를 교환하는 걸 알아채지 못했고, 9일 기도는 비밀리에 끝났다.

미사에 온 콜레트는 매우 창백했다. 볼은 예전보다 더 야위어 있었고, 눈을 내리깔고 있었는데 눈꺼풀이 완전히 보라색이었다.

나는 이제 콜레트의 고난이 끝났다고 생각했고, 가슴 깊은 곳에서 기쁨이 솟구쳤다.

바로 옆에서 크고 하얀 옷을 입으신 성모 마리아님이 나를 보고 웃고 계셨고, 나는 신앙심으로 가득 차서 속으로 이렇게 외쳤다.

'정의의 거울*이시여, 콜레트를 낫게 하소서.'

나는 집중력이 흐트러지는 것을 막으려고 관자놀이에 힘을 주고 반복했다.

* 성모 마리아를 뜻한다.

'정의의 거울이시여, 콜레트를 낫게 하소서.'

이제 콜레트가 영성체를 받으러 갔다. 콜레트의 지팡이가 타일에 부딪혀서 작은 소리를 냈다.

콜레트가 무릎을 꿇었을 때 그녀를 부축해주었던 사람이 지팡이를 가지고 왔지만 그녀는 지팡이가 필요 없을 것이라고 확신했다.

슬픈 일이었다.

콜레트는 일어서려고 애쓰다가 쓰러져서 다시 무릎을 꿇게 되었다. 그녀는 손을 더듬거려서 지팡이를 찾았지만 잡히지 않았고, 다시 일어서려고 했다.

그녀는 제단에 매달려서 옆에서 영성체를 받고 있던 어떤 수녀님의 팔을 붙잡았다. 어깨가 휘청거리더니 결국 그 수녀님을 붙잡고 쓰러졌다.

우리 중 두 명이 달려가서 불쌍한 콜레트를 자리로 데려왔다.

하지만 나는 여전히, 그리고 미사가 끝날 때까지 찬미의 노래, 테 데움이 들려오기를 바랐다.

나는 최대한 빨리 콜레트에게로 갔다.

콜레트는 큰 언니들에게 둘러싸여 있었는데, 그들은 그녀를 위로하며 항상 신께 헌신해야 한다는 말을 했다. 그녀는 머리를 약간 숙인 채 움직이지 않고 조용히 울고 있었고, 눈물이 깍지 낀 손 위로 떨어졌다.

나는 그녀 앞에 무릎을 꿇었고, 그녀가 나를 바라보자 말했다.

"장애를 가지고 있어도 결혼할 수 있을 거야."

콜레트의 이야기는 고아원 전체로 퍼졌다. 모두 슬퍼했고 시끄러운 놀이는 하지 않았다. 이즈메리는 나에게 그 이야기를 함으로써 좋은 소식을 알려주고 있다고 믿었다.

동급생인 소피는 성모님이 콜레트의 행복에 맞는 게 무엇인지 우리보다 더 잘 알고 계시기 때문에, 우리는 성모님의 뜻에 따라야 한다고 말했다.

나는 마리에메 수녀님이 이 사실을 알고 있는지 궁금했다. 나는 그날 오후에 산책 시간이 되어서야 수녀님을 보게 되었다. 수녀님은 슬퍼 보이지 않았고 오히려 만족스러워 보였다. 그렇게 예뻐 보였던 적이 없었다. 수녀님의 온 얼굴에서 빛이 났다.

산책하는 동안 나는 수녀님이 허공에 발을 딛듯이 걷고 있다는 것을 알아차렸다. 이제까지 단 한 번도 수녀님이 그렇게 걷는 것을 본 적이 없었다. 베일이 어깨에서 나부끼고 있었고, 목과 가슴을 덮는 부분은 미처 목을 다 덮지 못하고 있었다.

수녀님은 우리 중 누구에게도 관심을 기울이지 않았다. 그녀는 아무것도 주시하고 있지 않았는데, 무언가를 본 것 같기도 했다. 수녀님은 때때로 그녀 내부의 누군가가 수녀님에게 이야기를 하는 것처럼 웃기도 했다.

그날 저녁 식사를 마친 뒤, 수녀님이 보리수 옆의 오래된 벤치에 앉아 있는 걸 봤다. 주임 신부님이 나무에 등을 기댄 채 수녀님 가까이 앉아 있었다.

분위기가 심각했다.

나는 수녀님과 신부님이 콜레트 이야기를 한다고 생각했고 몇 발자국 떨어진 곳에서 걸음을 멈췄다.

마리에메 수녀님은 어떤 물음에 대답하는 것처럼 말했다.

"네, 열다섯 살에요."

주임 신부님이 말했다.

* 사람이 하느님의 일을 하도록 하느님의 부르심을 받는 일을 말한다.

"열다섯 살이면 소명* 의식은 없죠."

마리에메 수녀님이 뭐라고 답했는지는 들리지 않았고, 주임 신부님이 다시 말했다.

"열다섯 살이면 하고 싶은 일이 많죠. 관심 있는 손길이나 무관심한 손길 하나로도 어떤 길에서 멀어지게 하거나 그 길로 들어서게 할 수 있지요."

주임 신부님은 잠시 말을 멈추더니 낮은 목소리로 말했다.

"수녀님의 부모님은 분명히 죄책감을 가졌을 겁니다."

수녀님이 대답했다.

"저는 아무것도 후회하지 않아요."

그들은 오랫동안 아무 말이 없었다. 그리고 마리에메 수녀님이 기도를 올리듯 손가락을 들어서 말했다.

"어디에서나, 모든 이유에도 불구하고, 그리고 항상."

주임 신부님도 웃음을 짓고 손을 조금 뻗고 말했다.

"어디에서나, 모든 이유에도 불구하고, 그리고 항상."

갑자기 취침 시간을 알리는 종이 울렸고, 주임 신부님은 보리수가 심어진 오솔길을 따라 사라졌다.

나는 오랫동안 내가 들었던 단어들을 반복해서 생각했다. 하지만 그 말들이 콜레트의 이야기와 어떤 관계가 있는지 전혀 알 수 없었다.

콜레트는 이 고아원을 떠날 수 있다는 기적을 이제 더는 믿지 않았지만, 그렇다고 이곳에 계속 머물러야 한다는 사실 역시 받아들일 수 없었다.

자기 또래가 하나둘 떠나는 것을 보면서 그녀는 반항하기 시작했다. 더는 고해성사를 하지 않으려고 했고, 영성체도 거부했다. 미사는 참석했지만, 이것은 단지 그녀가 찬송가를 부르는 것과 음악을 좋아했기 때문이었다.

나는 그녀를 위로하기 위해서 그녀 곁에 종종 머물렀다.

그녀는 내게 결혼이란 사랑이라고 설명했다.

얼마 전부터 몸이 안 좋던 마리에메 수녀님이 결국 앓아누웠다.

마들렌느는 수녀님을 헌신적으로 간호했지만 우리에게는 함부로 대했다. 마들렌느는 특히 내게 심하게 뭐라고 했다. 내가 바느질을 힘들어하는 것을 볼 때면 그녀는 거만한 표정을 지으려고 하면서 말했다.

"숙녀가 바느질을 좋아하지 않다니, 그러면 비질이라도 해야지."

어느 일요일 마들렌느는 내게 미사 시간 동안 계단 청소를 하라고 했다. 때는 1월이었다. 습한 한기가 복도로부터 불어와서 층계를 타고 내 치마 밑으로 스며들었다.

나는 몸을 덥히기 위해서 온 힘을 다해서 비질을 했다.

예배당의 풍금 소리가 내가 있는 곳까지 들려왔다. 때때로 마들렌느의 귀를 찌르는 듯한 날카로운 음색과 주임 신부님의 뚝뚝 끊어지는 듯한 소리도 들렸다.

나는 찬송가를 듣고 미사 순서를 가늠했다. 콜레트의 목소리가 갑자기 울려 퍼졌다. 강하고 맑은 소리였다. 그녀의 목소리는 점점 커져서 풍금 소리를 뒤덮었고 모든 소리를 장악하더니, 보리수 위로, 고아원 위로 울려 퍼져 저 높이 종까지 다다랐다.

그걸 듣고 온몸이 떨렸다. 콜레트의 목소리가 떨리면서 다시 내려와서 예배당으로 돌아가고 풍금소리에 묻혔을 때, 나는 아주 어린아이처럼 딸꾹질을 하며 울기 시작했다. 하지만 날카로운 마들렌느의 목소리가 다시 귀를 찌르자, 나는 그 불쾌한 소리를 지우듯이 열심히 비질을 했다.

그날 저녁 마리에메 수녀님은 나를 불러 가까이 오라고 했다. 수녀님이 방 밖으로 거동하지 못한 지 거의 두 달째였다. 상태가 나아지기 시작했지만, 나는 수녀님의 눈이 더는 빛나지 않는다는 것을 깨달았다. 그녀의 눈은 거의 녹아내린 무지개 같았다.

수녀님은 내게 그동안 무슨 일이 있었는지 재미있는 일들을 이야기하게 했다. 그녀는 내 말을 들으면서 미소 짓고 싶어 했지만, 입술의 한쪽 끝만 올라갔다. 그녀는 내게 자신의 비명을 들었는지 물었다.

아! 그렇다, 들었다. 수녀님이 아팠을 때였다. 그녀는 한밤중에 끔찍한 비명을 질렀고, 그 소리에 고아원 전체가 잠에서 깼다. 마들렌느가 왔다 갔다 했다. 물을 옮기는 소리가 들렸다. 내가 수녀님에게 무슨 일이 있는지 묻자 마들렌느가 서둘러 답했다.

"고통 때문에."

나는 곧바로 보모 쥐스틴도 고통스러워했던 걸 생각했다. 하지만 쥐스틴은 그렇게 비명을 지른 적이 없었고, 나는 수녀님의 다리가 쥐스틴의 다리보다 세 배나 부풀어 올랐다고 상상했다.

비명소리는 점점 더 커져갔다. 한번은 비명 소리가 너무 끔찍해서 마치 뱃속 저 깊은 곳에서 나오는 것 같았다. 그다음 불평하는 소리가 들렸다. 그리고 아무 소리도 들리지 않았다.

어느 순간 마들렌느가 와서 마리 르노에게 말을 했다. 마리 르노는 곧바로 옷을 입었고, 그녀가 계단을 내려가는 소리가 들렸다.

잠시 후 마리 르노는 주임 신부님과 함께 왔다. 주임 신부님은 서둘러서 마리에메 수녀님 방으로 들어갔고, 마들렌느가 곧바로 문을 잠갔다.

주임 신부님은 오래 머무르지 않았다. 하지만 주임 신부님은 올 때만큼 서둘러서 돌아가지 않았다. 그는 고개를 숙이고, 마치 소중한 것을 보관하고 싶어 하는 것처럼 오른손으로 왼팔에 걸친 코트 자락을 매만졌다.

나는 주임 신부님이 성유를 가지고 왔다고 생각했지만, 감히 마리에메 수녀님이 죽은 거냐고 묻지 못했다.

내가 마들렌느의 치마에 매달렸을 때 그녀가 날 쥐어박았던 것도 잊지 않았다. 그때 그녀는 나를 떼어놓더니 매우 낮은 목소리로 아주 빠르게 말했다.

"수녀님은 괜찮아질 거야."

마리에메 수녀님이 다 낫자 마들렌느는 오만함을 버렸고 모든 것이 정상으로 돌아왔다.

나는 여전히 바느질을 좋아하지 않았고, 마리에메 수녀님은 걱정을 하기 시작했다.

그녀는 내 앞에서 주임 신부님의 누이에 관해 이야기했다. 주임 신부님의 누이는 얼굴이 길고 생기 없는 눈을 가진 독신여성으로, 이름은 막시밀리엔느였다.

마리에메 수녀님은 자신이 얼마나 내 미래를 걱정하는지 이야기했다. 그녀는 내가 아주 쉽게 무언가를 배우지만, 바느질에는 관심이 없는 것 같다고 말했다.

그녀는 오래전부터 내가 공부를 좋아한다는 사실을 알았다. 그래서 그녀는 나를 돌봐줄 먼 친척이 있는지 알아봤다. 하지만 친척이라고는 나이 드신 분이 딱 한 분 있었지만, 이미 내 언니를 입양해서 나를 돌볼 수 없다고 했다.

막시밀리엔느 양은 자신이 운영하는 의상실에서 내가 일할 수 있게 해주겠다고 했고, 주임 신부님은 좋은 생각이라고 했다. 주임 신부님은 나를 조금 가르치기 위해서 일주일에 두 번

오는 것이 기쁘다고도 덧붙였다. 마리에메 수녀님은 정말 행복한 것 같았다. 수녀님은 어떻게 감사를 표해야 할지 몰랐다.

나는 주임 신부님이 로마에서 돌아오면 그 즉시 막시밀리엔느 양의 집에 들어가기로 했다. 마리에메 수녀님은 내 옷가지를 챙겼고, 막시밀리엔느 양은 허락을 받기 위해 원장 수녀님을 찾기로 했다.

나는 내가 원장 수녀님 책임이라는 게 정말 불편했다. 주임 신부님이 와서 앉곤 하던 오래된 벤치 근처를 지나갈 때마다 원장 수녀님이 우리 쪽으로 좋지 않은 시선을 던졌던 것이 계속 생각났다.

나는 원장 수녀님이 막시밀리엔느 양에게 답변을 주기를 목이 빠지게 기다렸다.

주임 신부님은 일주일 전에 로마로 떠났고, 마리에메 수녀님은 날마다 내가 하게 될 새로운 일에 관해 이야기했다. 수녀님은 일요일마다 나를 볼 수 있다면 기쁠 것이라고 말했다. 그리고 끝도 없이 충고를 해주었고, 내 건강과 관련해서 온갖 조언을 했다.

어느 날 아침 원장 수녀님이 나를 불렀다.

내가 원장 수녀실로 들어갔을 때, 그녀는 붉은색 큰 안락 의자에 앉아 있었다. 예전에 들었던 그녀에 대한 유령 이야기가 생각났다. 온통 검은색 옷을 입고 있고 온통 붉은색 의자에 앉아 있는 원장 수녀님은 지하에서 땅을 뚫고 올라온 무서운 양귀비 같았다.

그녀는 몇 차례 눈을 깜박였다. 그리고 모욕처럼 느껴지는 미소를 지었다. 나는 얼굴이 새빨개졌다고 느꼈지만, 그래도 눈을 돌리지 않았다.

원장 수녀님이 약간 비웃더니 말했다.

"내가 왜 불렀는지 알겠습니까?"

나는 막시밀리엔느 양에 대한 이야기 때문이라고 생각한다고 대답했다.

원장 수녀님은 여전히 비웃었다.

"아, 막시밀리엔느 양이라. 글쎄요, 틀렸네요. 우리는 당신을 솔로뉴에 있는 농장에 보내기로 결정했어요."

원장 수녀님이 눈을 반쯤 감고 말했다.

"양치기를 하게 될 거예요, 자매님."

원장 수녀님은 단어들을 강조하면서 덧붙였다.

"양을 돌보게 될 거예요."

나는 그저 "네, 원장 수녀님"이라고 대답했다.

원장 수녀님은 깊숙이 앉아 있던 자세를 바꾸고 물었다.

"양을 돌본다는 게 뭔지 알아요?"

나는 들판에서 양치기를 본 적이 있다고 대답했다.

원장 수녀님이 노란 얼굴을 내 앞으로 들이밀더니 다시 말했다.

"우리를 청소해야 할 거에요. 냄새가 아주 지독하죠. 양을 치는 소녀들은 불결해요. 그리고 농가 일을 도와야 할 거에요. 거기서 소젖을 짜고 돼지 돌보는 일을 가르쳐줄 거예요."

원장 수녀님은 마치 내가 이해를 못할까 봐 걱정되는 것처럼 아주 크게 말했다.

나는 조금 전처럼 그저 "네, 원장 수녀님"이라고 대답했다.

원장 수녀님은 안락의자의 팔걸이 위로 몸을 들어 올리더니 눈을 빛내며 나를 보고 계속 말했다.

"그러니까 자존심이 강하지 않다는 거군요?"

나는 무관심하게 웃었다.

"네, 원장 수녀님."

원장 수녀님은 아주 놀란 것처럼 보였다. 하지만 내가 관심

없다는 듯이 계속 미소를 짓자 원장 수녀님의 목소리는 덜 딱딱해졌다.

"어린 자매님, 정말인가요? 난 항상 당신을 오만하다고 생각했는데요."

원장 수녀님은 안락의자에 깊숙이 앉아서 눈을 내리깔고 기도문을 외듯이 단조로운 톤으로 말하기 시작했다. 농장 관리인들의 말에 복종해야 하고, 종교적 의무를 잊어서는 안 되고, 농장에서 일하는 아주머니 한 분이 성 요한 축일 전날에 나를 데리러 올 것이라는 말이었다.

나는 뭐라고 기분을 표현할 수 없는 상태로 원장 수녀실을 나왔다. 제일 먼저 드는 생각은 마리에메 수녀님의 마음을 아프게 할까 봐 두렵다는 거였다. 수녀님에게 이 일을 어떻게 말한단 말인가?

생각을 정리할 시간이 전혀 없었다. 수녀님은 고아원 복도로 이어지는 입구에서 나를 기다리고 있었고, 내 어깨를 잡고 고개를 숙여 나를 보면서 말했다.

"어떻게 되었니?"

수녀님은 걱정스러운 눈길을 보내며 내가 대답하기를 기다렸다. 나는 곧바로 말했다.

"원장 수녀님이 안 된대요. 전 양치기를 해야 해요."

수녀님은 내 말을 금방 이해하지 못했다. 그녀가 눈썹을 찌푸렸다.

"양치기? 어쩌다가?"

나는 아주 빨리 대답했다.

"농장에 자리가 났대요. 소와 돼지를 돌보게 될 거래요."

그녀가 나를 아주 세게 미는 바람에 나는 벽에 부딪혔다.

그녀는 문 쪽으로 달려갔다. 나는 그녀가 원장 수녀실로 간다고 생각했지만, 그녀는 밖으로 나갔다가 몇 걸음 만에 멈췄다. 그리고 다시 돌아와서 복도를 성큼성큼 걷기 시작했다. 수녀님은 주먹을 쥐고 발길질을 했고, 왔다 갔다 하면서 거칠게 숨을 쉬었다. 그리고 벽에 등을 기대고 무언가에 눌린 것처럼 두 팔을 내려뜨리고는 멀리서 들리는 듯한 목소리로 말했다.

"복수하는 거야. 맞아, 원장 수녀님은 복수를 하고 있는 거라고!"

수녀님이 내게로 다가오더니 내 손을 다정하게 붙잡고 물었다.

"원장 수녀님에게 싫다고 말하지 않은 거야? 막시밀리엔느 양에게 보내 달라고 간청하지 않은 거냐고?

나는 고개를 저었다. 그리고 원장 수녀님이 내게 했던 말을 그대로 들려주었다.

그녀는 내 말을 끊지 않고 모두 들었다. 그리고 친구들에게는 아무 말도 하지 말라고 했다. 그녀는 주임 신부님이 돌아오면 이 일이 해결될 것이라고 생각했다.

그다음 주 일요일 우리는 미사에 가려고 줄을 서고 있었다. 마들렌느가 갑자기 미친 사람처럼 안으로 들어오더니 팔을 올리고 소리쳤다.

"주임 신부님이 죽었어."

마들렌느는 근처에 있던 탁자 위로 쓰러지듯 엎드렸다.

갑자기 정적이 흘렀고, 우리는 새된 소리를 지르는 마들렌느에게 달려갔다. 우리는 무슨 일인지 제대로 알고 싶었다. 하지만 그녀는 탁자 위에서 몸을 흔들며 애통한 소리로 말했다.

"신부님이 죽었어, 죽었다고."

나는 아무런 생각도 들지 않았다. 마음이 아픈지 그렇지 않은지도 몰랐지만, 미사를 보는 내내 마들렌느의 목소리가 종처럼 귓가에 울렸다.

이날 산책을 하느냐는 질문은 없었다. 가장 어린 아이들조차도 조용히 있었다. 나는 마리에메 수녀님을 찾기 시작했다. 수녀님은 미사에 참석하지 않았고, 마리 르노로부터 수녀님이 아픈 게 아니라는 말도 들었다.

급식실에서 수녀님을 발견했다. 수녀님은 단상 위에서 탁자 위에 머리를 대고, 팔은 의자 아래로 늘어뜨리고 있었다.

나는 수녀님에게서 꽤 먼 곳에 앉았다. 수녀님의 깊은 탄식을 들으면서 나도 손에 얼굴을 묻은 채 흐느껴 울었다. 하지만 나는 금방 울음을 그쳤고, 슬프지 않다고 느꼈다. 나는 울려고 노력도 해봤지만 눈물이 한 방울도 나지 않았다. 나는 누군가가 죽으면 울어야 한다고 생각했기 때문에 내 스스로가 조금 부끄러웠다. 나는 수녀님이 나를 못된 아이라고 생각할까 봐 두려워서 얼굴을 드러낼 수가 없었다.

이제 수녀님이 우는 소리가 들렸다. 수녀님의 긴 울음은 큰 굴뚝으로 부는 겨울바람을 떠올리게 했다. 수녀님의 울음소리는 그녀가 울음으로 노래를 작곡하기라도 하는 것처럼 올라갔다 내려갔다 했다. 그리고 부딪히고 깨져서 낮고 떨리는 음에서 끝이 났다.

저녁 식사 시간을 조금 남겨두고 마들렌느가 식당으로 들어왔다. 그녀는 수녀님을 조심스럽게 부축해서 데려갔다.

그날 저녁 수녀님은 주임 신부님이 로마에서 돌아가셨고, 시신을 가족 지하 묘지에 안치하기 위해 사람들이 시신을 수습하러 갈 것이라고 말했다.

다음 날 마리에메 수녀님은 평소처럼 우리를 돌봤다. 수녀님은 이제 더는 울지 않았지만 사람들이 그녀에게 말을 거는 것은 용납하지 않았다. 수녀님은 땅을 보고 걸었고 나를 잊어버린 것 같았다.

하지만 내가 이곳을 떠날 날이 하루밖에 남지 않았다. 모레가 성 요한 축일이기 때문에 원장 수녀님이 말한 대로라면 농장에서 내일 나를 데리러 올 것이었다.

마리에메 수녀님은 저녁기도 마지막 부분에 "주님, 추방된 자들을 불쌍히 여기시고, 죄수들을 구하소서"라고 말하며 큰 소리로 덧붙였다.

"세상 밖으로 나가는 자매를 위해 기도를 올립니다."

나는 곧바로 그게 나에 관한 이야기라는 걸 알았고, 내가 추방된 자와 죄수들처럼 불쌍히 여겨져야 하는 존재임을 알게 되었다.

그날 저녁은 잠들 수가 없었다. 나는 내일이면 떠나야 한다는 걸 알았지만 솔로뉴가 어떤 곳인지 알지 못했다. 나는 온갖 꽃이 핀 평야만 있는 아주 먼 고장을 상상했다. 상상 속에서 나는 예쁜 하얀색 양 떼를 지키는 사람이고, 내 옆에는 내 신호에 따라 양 떼를 모는 개 두 마리가 있었다. 마리에메 수녀님에게 감히 말하지 못하겠지만, 그 순간에는 의상실 직원보다는 양치기가 더 되고 싶었다.

이즈메리가 내 옆에서 코를 심하게 고는 바람에 나는 현실로 돌아왔다.

달빛이 너무 밝아서 모든 침대가 또렷하게 보였다. 나는 침대 옆을 하나씩 걸어 다니다가 내가 좋아하는 친구들 침대 근처에서 잠깐씩 멈췄다. 내 맞은편에 소피의 아름다운 머리카락이 보였다. 그녀의 머리카락은 베개 위에 흩어져 있었고, 그녀의 침대를 더 밝게 빛내고 있었다. 조금 멀리 거드름쟁이 슈미노와 그녀의 쌍둥이 야수 슈미노의 침대가 보였다. 거드름쟁이 슈미노는 이마가 하얗고 크고 매끄러웠으며, 눈은 부드럽고 컸다. 거드름쟁이 슈미노는 사람들이 그녀가 잘못했다고 뭐라고 해도 절대로 변명하지 않았다. 그저 어깨를 으쓱하고는 경멸 어린 시선으로 주변을 둘러볼 뿐이었다.

마리에메 수녀님은 그녀의 양심도 이마처럼 새하얗다고 말했다.

야수 슈미노는 거드름쟁이 슈미노 키보다 반 이상 컸다. 거친 머리카락은 거의 눈썹까지 내려왔고, 어깨는 각지고 엉덩이는 컸다. 우리는 그녀를 자기 여동생을 지키는 경비견이라고 불렀다.

기숙사 침실의 다른 쪽 끝에는 콜레트의 침대가 있었다.

콜레트는 여전히 내가 막시밀리엔느 양의 의상실로 간다고 믿고 있었다. 그녀는 내가 아주 어린 나이에 결혼하게 될 것이라고 확신했고, 내가 결혼하면 그 즉시 그녀를 데리러 오겠다는 약속을 하게 했다.

그녀에 관해 오랫동안 생각했다. 그리고 창문을 내다봤다. 보리수의 그림자가 내가 있는 곳까지 늘어졌다. 나는 보리수가 내게 작별인사를 하러 왔다고 상상했고, 보리수를 보고 미소 지었다.

보리수 다른 편에는 의무실이 보였다. 의무실은 뒤로 물러난 것처럼 보였고, 의무실의 작은 창문들은 아픈 사람의 눈을 떠올리게 했다.

아가타 수녀님이 생각나서 그곳에 시선이 머물렀다. 아가타 수녀님은 유쾌하고 좋은 사람이어서 어린아이들은 수녀님이 혼을 내도 웃었다.

다친 아이들의 상처를 치료해주는 것도 아가타 수녀님이었다.

손가락에 상처가 나서 아가타 수녀님을 찾아가면 수녀님은 우리를 재미있는 말로 맞았다. 우리가 먹을 것을 좋아하는지 예쁜 것을 좋아하는지에 따라서 수녀님은 슬쩍 고갯짓으로 과자나 리본을 가리키며 그것들을 주겠다고 약속했다. 우리가 과자나 리본을 찾고 있으면 그사이에 상처를 꿰매고 소독하고 붕대를 감는 일이 끝났다.

나는 발에 약한 동상이 걸렸던 때를 떠올렸다. 동상은 잘 낫지 않았다. 어느 날 아침 아가타 수녀님이 내게 진지하게 말했다.

"얘야, 내가 너에게 신성한 것을 발라줄 건데, 네 발이 사흘 안에 낫지 않으면 어쩔 수 없이 발을 잘라야 해."

나는 그 사흘 동안 내 발에 발린 그 신성한 것이 흐트러지지 않도록, 걷기를 삼갔다. 나는 그게 진짜 십자가의 한쪽 끝이나 성모님의 베일 한 조각이라고 생각했다.

사흘째 되던 날 내 발은 완전하게 다 나았다. 내가 이 놀라운 치료법이 뭐냐고 묻자 아가타 수녀님은 장난스럽게 웃으며 대답했다.

"멍청이, 아르튀르 디벵 연고란다."

나는 너무 늦게 잠들었지만, 다음 날 아침부터 농장에서 사람이 오기를 기다렸다. 나는 그 사람이 오기를 바라기도 했고, 오는 게 두렵기도 했다.

마리에메 수녀님은 문이 열릴 때마다 고개를 획 들었다.

저녁 식사를 끝났을 때 문지기가 와서 내가 떠날 준비가 되었는지 물었다.

수녀님은 금방 준비될 거라고 말하고는 문지기를 내보냈다.

수녀님이 일어서서 나에게 따라오라고 신호를 보냈다. 수녀님은 내가 옷을 갈아입는 것을 도와준 뒤 작은 리넨 주머니 하나를 주고 갑자기 말했다.

"내일 그를 데려오는데 너는 그 자리에 없겠구나."

수녀님은 눈을 들어서 나를 바라보며 다시 말했다.

"매일 저녁 그를 위해서 연도*를 외겠다고 맹세해주렴."

나는 맹세했다.

수녀님은 나는 꼭 끌어안은 뒤 자기 방으로 가버렸다.

나는 수녀님의 말소리를 들었다.

“오! 주님 너무합니다. 너무하세요.”

나는 혼자서 안뜰을 가로질러 갔고, 밖에서 기다리고 있던 농장 아주머니는 내가 도착하자 바로 출발했다.

* 煉禱. 통회 시편 130장의 첫 마디에서 온 기도 명칭.

· 제2부 ·

나는 덮개가 덮인 마차에서 빈 바구니들 한가운데 자리를 잡았다. 말이 혼자서 농장 마당에 멈췄을 때는 이미 한밤중이었다.

농장에서 일하는 아저씨가 랜턴을 들고 집에서 나왔지만, 손끝에서 흔들리는 랜턴은 그의 나막신만 겨우 비출 뿐이었다. 그는 다가와서 내가 마차에서 내리는 걸 도와주었고, 랜턴을 들어 내 얼굴을 비추더니 뒤로 물러나면서 말했다.

"재미있는 어린 하녀군!"

농장 아주머니는 침대가 두 개 있는 방으로 나를 데려갔다. 그녀는 내가 쓸 침대를 보여주고는, 다른 사람들은 모두 다음날 성 요한 축제에 가니 나는 소 치는 목부와 함께 집에 있어야 한다고 말했다.

다음 날 내가 일어나자마자 목부 아저씨는 나를 우리로 데려가서 가축들에게 건초를 주는 법을 알려주었다. 그리고 양 떼를 보여주면서 내가 비비슈 아주머니를 대신해서 새끼 양들을 돌보게 될 것이라고 말했다. 매년 새끼 양들을 어미에게서 떼어놓기 때문에 새끼 양을 돌볼 사람이 더 필요하다고 말했다. 그리고 여기는 빌비에유 농장이고, 이곳 농장 관리인인 실뱅과 그의 아내 폴린은 선량한 사람이라서 이곳에서는 아무도 불행하지 않다고 말했다.

모든 동물을 살펴본 뒤 목부 아저씨는 밤나무가 우거진 오솔길에서 자기 가까이에 앉으라고 했다. 거기에서는 도로와 농장 안쪽까지 굽어지는 길이 보였다. 건물들은 네모 모양이었고, 중앙에는 퇴비가 엄청나게 높게 쌓여 있어서 반쯤 건조된 건초 냄새보다 더 강렬한 냄새를 뿜고 있었다.

농장 주변은 고요했고, 어디를 둘러봐도 전나무와 밀밭밖에는 보이지 않았다. 나는 잃어버린 세계로 끌려와서, 소 치는 목부 아저씨와 우리에서 울고 있는 가축들과 이곳에서 영원히 함께 살아야 할 것만 같았다. 날은 무척 더웠고 너무 졸렸다. 하지만 나를 둘러싼 모든 게 무서워서 졸음에 질 수 없었다. 온갖 색의 파리들이 윙윙거리며 내 주위를 날아다녔다. 목부 아저씨는 등나무 줄기로 바구니를 엮고 있었고, 개들은 조용히 자고 있었다.

해가 지고 농장 사람들을 태운 마차가 모퉁이에서 나타났다. 마차에는 남자 두 명과 여자 세 명이 타고 있었다. 농장 아주머니는 내 앞을 지나면서 내게 미소를 지었고, 다른 사람들은 나를 보려고 몸을 기울였다. 얼마 지나지 않아서 농장은 시끌벅적해졌다. 수프를 끓이기에는 늦은 시간이라서 사람들은 모두 빵 한 조각과 우유 한 잔으로 저녁을 때웠다.

다음 날 폴린 그녀는 거친 천으로 만든 망토를 내게 주었고, 나는 비비슈 아주머니를 따라가서 새끼 양을 돌보는 방법을 배웠다.

비비슈 아주머니와 그녀의 개 카스티유는 서로 너무 닮아서 나는 항상 그 둘이 한 가족이라고 생각했다. 아주머니와 카스티유는 나이도 같아 보였고 뿌연 눈도 색이 똑같았다. 새끼 양들이 길에서 이리저리 흩어지면 비비슈 아주머니는 이렇게 말했다. "짖어, 카스티유. 짖어." 그녀는 이 문장이 마치 한 단어인 것처럼 아주 빠르게 반복했다. 카스티유가 짖지 않을 때도 새끼 양들은 알아서 길을 찾아왔고, 비비슈 아주머니의 목소리는 카스티유의 목소리와 닮아 있었다.

추수가 시작되자 나는 내가 신비로움으로 가득 찬 어떤 일에 참여하는 것 같았다. 사람들이 밀을 잡고 일정하게 베서 땅에 눕혀놓으면, 다른 사람들은 땅에 있는 밀을 단으로 묶어서 들어 올렸다. 추수하는 사람들이 외치는 소리가 때때로 위에서 들려오는 것 같아서 나는 계속 고개를 들어 하늘 높이 밀을 실은 수레를 볼 수밖에 없었다.

저녁 식사는 모두가 모여서 했다. 각자 식탁 앞에 아무렇게나 앉았고, 폴린 아주머니는 접시를 한가득 채워주었다. 젊은 사람들은 입 한가득 빵을 베어 물었고, 나이 든 사람들은 한 입만큼 빵을 조심스럽게 뜯어서 먹었다. 모두 조용히 식사했고, 갈색 빵보다 사람들의 손이 더 검게 그을려 있었다.

식사가 끝나고 나이가 가장 많은 사람들은 실뱅 아저씨와 수확물에 관해 이야기를 나눴고, 젊은 사람들은 키가 큰 양치기 마르틴과 함께 이야기를 나누며 웃고 있었다. 빵을 나눠주고 포도주를 부어준 것도 마르틴이었다. 그녀는 온갖 농담에도 웃음을 짓고 대답했지만, 어떤 남자가 그녀에게 손을 내밀자 몸을 홱 돌려서 피하더니 한 번도 잡히지 않았다. 내게 관심을 쏟는 사람은 아무도 없었다. 나는 사람들로부터 조금 떨어져서 장작 위에 앉아서 사람들 얼굴을 바라봤다. 농장 관리인인 실뱅 아저씨는 눈이 크고 검었고, 한 사람 한 사람에게 조용히 눈길을 주었다. 그리고 식탁 위에 손을 얹은 채 목소리를 높이지 않고 말했다. 그의 부인 폴린 아주머니는 진지하고 걱정스러운 얼굴이었다. 그녀는 계속 불행을 두려워하는 것처럼 보였고, 다른 사람들이 박장대소를 해도 그녀는 겨우 미소만 지을 뿐이었다.

비비슈 아주머니는 내가 잠들었다고 생각했는지, 내 소매를 잡아당겨서 나를 침대로 데려갔다. 그녀의 침대는 내 침대 옆에 있었다. 그녀는 옷을 벗으면서 작은 목소리로 기도를 외웠고, 내가 있다는 건 신경 쓰지도 않고 램프를 불어서 꺼버렸다.

추수가 끝나자 비비슈 아주머니는 나 혼자서 그녀의 개 카스티유와 함께 들판에 나가게 해주었다. 카스티유는 내 옆에서 심심해하더니 매번 나를 버리고 자신의 늙은 주인이 있는 농장으로 돌아갔다.

사방으로 뛰어다니는 새끼 양들을 모으는 일은 아주 힘들었다. 어린아이 무리를 통솔하기 힘들다고 말하던 마리에메 수녀님이 생각났다. 그래도 수녀님은 종을 울려서 우리를 모이게 했고, 목소리를 약간 크게 하면 우리를 조용히 시킬 수 있었다. 하지만 나에게는 목소리를 높이는 것도 소용없었고, 채찍을 휘둘러서 내는 소리도 소용없었다. 새끼 양들은 내 말을 이해하지 못했고, 나는 개처럼 양 떼 주위를 뛰어다녀야 했다.

어느 날 저녁에는 새끼 양 두 마리가 없었다. 매일 저녁 나는 새끼 양을 한 번에 한 마리씩만 들여보냈다. 그렇게 하면 머릿수를 쉽게 셀 수 있었기 때문이다.

나는 양 우리로 들어가서 양을 다시 세어보려고 했다. 하지만 쉽지 않았다. 셀 때마다 원래 수보다 많아서 다시 세야 했기 때문이다.

나는 처음에 내가 몇 마리인지 잘못 센 것이라고 믿었고, 이 일을 아무에게도 말하지 않았다. 이튿날 나는 양 우리에서 새끼 양들을 내보내면서 다시 머릿수를 세어봤다. 확실히 두 마리가 모자랐다.

나는 너무 걱정되었다. 온종일 들판에서 그 두 마리 새끼 양을 찾았다. 저녁에도 여전히 그 두 마리가 없는 게 확실해 보이자 나는 폴린 아주머니에게 알렸다. 며칠 동안 그 두 마리를 찾아봤지만 여전히 찾을 수 없었다. 농장에서 일하는 사람들은 돌아가면서 나를 비난했다. 그들은 나에게 어떤 사람들이 와서 새끼 양을 가져갔다고 인정하라고 했으며, 내가 진실을 말하면 혼나지 않을 거라고 말했다. 나는 새끼 양들이 어떻게 되었는지 알지 못한다고 말했지만 소용없었고, 사람들이 내 말을 믿지 않는다는 걸 알 수 있었다.

이제 나는 누군가가 양을 훔쳐 가려고 숨어 있을지도 모른다고 생각하니 들판에 있기가 무서웠다. 누군가가 덤불 뒤에서 여전히 움직이고 있다고 생각했다.

나는 눈으로 양을 세는 법을 빨리 배웠다. 양들이 흩어져 있든 모여 있든 상관없이 1분 안에 모두 몇 마리인지 셀 수 있게 되었다.

가을이 왔고 나는 더 지루해졌다. 마리에메 수녀님의 애정이 그리웠다. 수녀님이 너무 보고 싶으면 눈을 감고 수녀님이 오솔길로 오고 있다고 상상했다. 그리고 정말로 수녀님의 발소리와 수녀복에 풀이 스치는 소리를 들은 것 같았다. 수녀님이 아주 가까이 왔다고 느껴져서 눈을 뜨면 모든 것이 사라졌다.

수녀님에게 편지를 쓰려고 오랫동안 생각했지만 그러려면 뭐가 필요한지 물어보지 않았다. 폴린 아주머니는 글을 쓸 줄 몰랐고, 농장에서 편지를 받은 사람이 아무도 없었다.

나는 용기를 내서 실뱅 아저씨에게 언제 도시에 데려가 줄 수 있는지 물었다. 아저씨는 곧바로 대답하지 않았다. 그 큰 눈으로 나를 가만히 쳐다보더니 양치기는 양 떼를 떠나면 절대로 안 된다고 말했다. 아저씨는 가끔 마을에서 열리는 미사에 데려가 줄 수는 있다고 했지만, 도시까지 나를 데리고 가줄 것이라고 기대하면 안 된다고 했다.

나는 망연자실했다. 큰 불운이 온 것 같았다. 불행하다고 생각할 때마다 마리에메 수녀님이 실뱅 아저씨가 부주의로 깨 버린 아주 소중한 무엇인 것처럼 느껴졌다.

그다음 토요일 아침이 되자 언제나처럼 농장에서 일하는 사람들이 농장을 나서는 게 보였다. 하지만 그들은 저녁까지 밖에 있지 않고, 오후가 되자 새끼 양을 몇 마리 사려는 상인과 함께 돌아왔다.

나는 가까운 시일 안에 시내로 나갈 수 있을 거라고 생각하지 않기로 했다. 언젠가 양들을 초원에 내버려 두고 뛰어가서 수녀님을 안아야지 하고 생각할 뿐이었다. 하지만 그게 불가능

하다는 사실을 곧 깨달았고, 밤 동안에 떠나기로 결심했다. 나는 실뱅 아저씨가 가진 말보다 시간이 더 많이 걸리지 않기를 바랐고, 한밤중에 떠나면 수녀님을 만나고 돌아와서 양들을 들판으로 데려갈 수 있을 거라고 생각했다.

그날 저녁 옷을 모두 입은 채 잠자리에 든 나는 큰 괘종시계가 자정을 알리자 신발을 손에 들고 조심스럽게 밖으로 나왔다. 쟁기에 기대서 신발 끈을 대충 매고, 어둠속으로 재빠르게 뛰어나갔다.

농장 건물을 지나자마자 나는 밤이 아주 어둡지 않다는 사실을 알아챘다. 바람이 격렬하게 불었고, 큰 구름이 달 아래로 흘러갔다. 도로는 멀었고, 도로로 가려면 반쯤 부서진 나무다리를 건너야 했다. 비로 작은 강이 불어나서 나무판자 위로 강물이 흐르고 있었다.

강물과 바람 때문에 한 번도 들어본 적이 없는 소리가 나자 나는 무서워졌다. 하지만 두려움을 억누르고 미끄러운 판자를 힘차게 건넜다.

내가 생각했던 것보다 더 빨리 도로에 도착했다. 나는 실뱅 아저씨가 시내에 있는 시장에 갈 때 그랬던 것처럼 왼쪽으로 꺾었다. 조금 더 가자 양 갈래 길이 나왔다. 어디로 가야 할지 몰랐던 나는 이 길로 갔다 저 길로 갔다 했다. 왼쪽 길이 더 끌린다는 이유로 왼쪽 길로 들어선 나는 지체한 시간을 만회하려고 아주 빨리 걸었다.

저 멀리 검은 덩어리가 온 땅을 뒤덮고 있는 게 보였다. 그 덩어리가 내 쪽으로 천천히 움직이는 것 같아서 나는 잠시 돌아가고 싶다는 마음이 들었다. 개 한 마리가 짖기 시작했고 나는 거기에서 용기를 얻었다. 그 검은 덩어리는 숲이었고, 그 아래로 길이 나 있었다. 숲에 들어섰을 때 바람은 더 거세져서 돌풍이 불었고, 센 바람에 부딪힌 나무들은 아래로 휘면서 신음 소리를 내는 것 같았다. 긴 휘파람 소리가 들리고 딱 하면서 나뭇가지가 떨어지는 소리가 들렸다. 그리고 내 뒤에서 무슨 소리가 들리고 누군가가 내 어깨를 만지는 느낌이 들었다. 휙 뒤돌아봤지만 아무도 없었다. 하지만 누가 손가락으로 나를 건드린 게 확실했다. 투명 인간이 내 주변을 맴도는 것처럼 발소리가 계속 났다. 그래서 나는 발이 땅에 닿지 않을 만큼 엄청난 속도로 뛰기 시작했다. 자갈이 내 신발 위로 튀어 올랐다가 우박처럼 내 뒤로 떨어졌다. 숲 끝까지 뛰어야겠다는 생각밖에는 들지 않았다.

나는 곧 숲속 공터에 다다랐다. 달이 아주 밝게 빛났고, 거

센 바람에 낙엽 더미가 공중으로 떠올랐다가 땅으로 떨어지면서 사방으로 돌고 굴렀다.

나는 멈춰서 숨을 조금 쉬고 싶었다. 하지만 큰 나무들이 시끄러운 소리를 내면서 흔들렸다. 검은 짐승처럼 보이는 나무 그늘이 갑자기 길 위로 늘어졌고, 점점 길어지더니 나무 아래로 사라졌다. 어떤 그림자들은 내가 알고 있는 모양이었다. 하지만 대부분은 나를 멈추게 하고 싶어 하는 것처럼 흔들렸고 내 앞으로 달려들었다. 나는 너무 무서워서 그 위를 힘껏 뛰어넘었다. 그 그림자들이 내 발밑에 있는 게 너무 무서웠다.

바람이 잠잠해지고 큰 빗방울이 떨어지기 시작했다. 공터가 끝나고 작은 나무들 사이로 길이 나 있었다. 길 끝에는 하얀 벽이 있는 것 같았다. 나는 조금 걸어간 뒤에야 그 벽이 좁고 높은 작은 집이라는 걸 알게 되었다. 나는 더 생각하지 않고 문을 두드렸다. 비가 그칠 때까지만 머무르게 해달라고 부탁하고 싶었다. 두 번째로 문을 두드리자 집 안에서 움직이는 소리가 들렸다. 나는 문이 열릴 거라고 생각했지만 열린 것은 2층 창문이었다. 면 모자를 쓴 남자가 물었다.

"거기 누구요?"

내가 대답했다.

"어린 여자아이에요."

남자가 놀란 목소리로 외쳤다. "어린 여자아이라고?" 그리고 내가 어디서 왔는지, 어디로 가는지, 무엇을 원하는지 물었다.

나는 이런 질문을 예상하지 못했고, 내가 떠나온 농장 이름을 댔다. 하지만 아픈 엄마를 찾으러 간다고 거짓말했고, 집 안에서 비를 피할 수 있게 해달라고 간청했다.

그가 나에게 기다리라고 말하더니 다른 사람과 이야기하는 소리가 들렸다. 그런 다음 그는 다시 창문을 내다보면서 내가 혼자인지 물었다. 내가 몇 살인지도 알고 싶어 하기에 나는 열세 살이라고 대답했다. 그는 내가 밤에 숲속을 가로질러 왔는데도 겁먹지 않았다고 생각했다.

그가 내 얼굴을 보고 싶은 듯 잠시 몸을 숙이기에 나는 그쪽으로 고개를 들었다. 그가 다시 고개를 오른쪽 왼쪽으로 돌려서 숲속에 뭔가 있는지 살폈다. 그는 내게 조금 더 걸어가면 숲 끝에 마을이 있고 거기에서 몸을 말리게 해줄 집을 찾을 수 있을 거라고 했다.

나는 다시 밤길을 걸었다. 달은 자취를 완전히 감췄고 이제 빗방울은 아주 가늘어졌다. 나는 한참을 더 걷고서야 마을에 다다랐다. 집들은 문이 닫혀 있었는데, 어둠 속에서 간신히 구분할 정도였다. 문이 열린 곳은 대장간밖에 없었다. 나는 대장간에서 쉴 생각으로 그 앞에 있는 계단을 두 계단 올라갔다. 대장장이는 두꺼운 쇠막대를 벌건 숯불에 넣느라 정신이 없었다. 대장장이가 풀무를 잡아당기려고 팔을 들자 거인만큼 커 보였다.

풀무질할 때마다 숯불이 탁탁 소리를 내며 빨갛게 타올랐다. 그 빛이 낫과 톱, 온갖 종류의 날이 걸린 벽을 비췄다. 대장장이는 이마에 주름을 만든 채 불만 쳐다보고 있었다.

나는 대장장이에게 결코 말을 걸 수 없을 것 같아서 아무 소리도 내지 않고 그곳을 떠났다.

날이 밝고 나서 보니 마을을 벗어나 있었다. 나는 마리에메 수녀님이 우리를 데리고 산책했던 장소들을 알아봤다. 아픈 발을 끌고 아주 천천히 걸었다. 너무 피곤했지만 길가에 있는 자갈 더미 위에 앉지 않으려고 갖은 애를 썼다.

마차가 급하게 달려오는 소리에 고개를 돌렸다. 그 순간 나는 움직일 수 없었고 가슴이 뛰었다. 실뱅 아저씨의 적갈색 말과 검은 수염을 알아볼 수 있었다. 실뱅 아저씨는 내 바로 앞에서 말을 멈추고 몸을 약간 기울여서 한 손으로 내 허리띠를 잡았다. 그는 나를 자신 옆에 앉히고 마차를 돌려서 빠른 속도로 달렸다.

숲속에 도착하자 실뱅 아저씨는 속도를 늦췄다. 그는 내 쪽으로 고개를 돌려서 나를 보면서 말했다.

"내가 널 따라잡아서 다행이다. 그렇지 않았으면 헌병들이 널 잡아갔을 거야."

내가 대답하지 않자 실뱅 아저씨가 말했다.

"헌병들이 도망간 어린 여자아이들을 잡으러 다니는 걸 몰랐던 모양이구나."

나는 대답했다.

"마리에메 수녀님을 보러 가고 싶어요."

실뱅 아저씨가 물었다.

"그렇다면 넌 우리 집에서 불행하냐?"

나는 다시 말했다.

"마리에메 수녀님을 보러 가고 싶어요."

실뱅 아저씨는 내 말을 이해하지 못한 것 같았고, 농장에서 일하는 사람들 이름을 한 명씩 대면서 내 마음에 안 드는 사람이 있는지 계속 물었다. 나는 계속 똑같은 대답을 했다.

결국 실뱅 아저씨는 인내심을 잃고 말했다.

"고집하고는…!"

나는 고개를 들어서 마리에메 수녀님에게 데려다주지 않으면 다시 도망칠 거라고 말했다. 나는 실뱅 아저씨를 계속 쳐다보면서 대답을 기다렸다. 아저씨가 당혹스러워하는 게 보였다. 아저씨는 오랫동안 생각하더니 내 무릎에 손을 올리고는 말했다.

"얘야, 내 말을 들어보렴. 그리고 내가 너에게 하려는 말을 이해하려고 노력해주려무나."

실뱅 아저씨의 설명을 듣고서야 내가 열여덟 살이 될 때까지 아저씨가 날 책임지기로 했고 나를 도시로 절대 데려가지 않을 것이라는 사실을 알게 되었다. 그리고 원장 수녀님이 나에 대한 모든 권리를 가지고 있으며, 내가 다시 도망친다면 원장 수녀님은 밤중에 혼자서 숲속을 달렸다는 구실로 분명히 나를 가두게 할 것이라고 했다. 또 자신들 부부는 내가 잘 지내기만을 바란다며, 내가 고아원을 잊고 자신들을 좋아해 주길 바란다고 말했다.

나는 몹시 혼란스러웠고 펑펑 울고 싶었지만 꾹 참았다.

"자, 우리 좋은 친구가 되자. 그렇게 할래?" 실뱅 아저씨가 내 손을 잡고 말했다.

나는 손을 내밀었고, 실뱅 아저씨가 내 손을 조금 세게 쥐고 있는 동안 대답했다.

"그렇게 할게요."

아저씨는 채찍을 휘둘렀고, 우리는 금방 숲을 벗어났다.

비가 여전히 내리고 있었지만 빗방울이 가늘어서 안개 같았고, 경작지는 오히려 더 어두워 보였다.

도로와 접한 땅 한쪽에서 한 남자가 우리를 향해 오더니 큰 몸짓을 취했다. 순간 나는 그가 나를 위협한다고 생각했지만, 거리가 가까워지자 그가 왼팔에는 무언가를 안고 있고 오른팔은 머리 위로 들어서 무언가를 베는 동작을 취하고 있는 게 보였다. 나는 너무 놀라서 실뱅 아저씨를 쳐다봤다. 그 순간 아저씨가 내게 대답을 해주듯이 말했다.

"저기 씨를 뿌리는 사람은 가보레야."

잠시 후 우리는 농장에 도착했다.

폴린 아주머니는 문 앞에서 우리를 기다리고 있었다. 아주머니는 나를 보자 오랫동안 숨을 참았던 것처럼 입을 열었고, 그녀의 진지한 얼굴에서 잠시 걱정스러운 기색이 사라졌다. 나는 그녀를 지나쳐서 내 망토를 집은 뒤 곧장 양 떼를 보러 갔다.

양들은 마구 뒤엉켜서 나왔다. 양들이 들판으로 나와야 하는 시간이 이미 많이 지나 있었다.

온종일 실뱅 아저씨가 한 말에 대해 생각했다. 원장 수녀님이 왜 마리에메 수녀님을 보지 못하게 하는지 이해할 수 없었다. 하지만 마리에메 수녀님이 나를 위해 할 수 있는 일이 없다는 것은 이해할 수 있었고, 언젠가는 수녀님을 보는 것을 아무도 막지 못할 날이 올 것이라고 생각하면서 체념했다.

잠자리에 들 시간에 되자 폴린 아주머니는 내 침대에 담요를 하나 더 갖다 주었다. 잘 자라는 인사를 한 다음에 자신을 너무 깍듯하게 대하지 않아도 된다고 했다. 그냥 편하게 대하라며, 내가 이 집의 아이이므로 농장에 적응할 수 있도록 최선을 다하겠다고 말하고 갔다.

다음 날 실뱅 아저씨는 식탁에서 아저씨의 동생 옆에 나를 앉혔다. 실뱅 아저씨는 웃으면서 내가 커야 하니 밥을 굶게 하면 안 된다고 말했다.

실뱅 아저씨의 동생 이름은 유젠이었다. 유젠 아저씨는 말을 거의 하지 않았지만 항상 말하는 사람을 바라봤고, 그 작은 눈은 종종 상대방을 놀리는 것 같았다. 유젠 아저씨는 서른 살이었지만, 스무 살보다 나이가 많아 보이지 않았다. 유젠 아저씨는 사람들이 어떤 걸 물어보더라도 어떻게 대답해야 할지 알고 있었는데, 나는 그의 옆에 있는 것이 전혀 불편하지 않았다.

유젠 아저씨는 내가 더 넓게 앉을 수 있도록 벽에 가까이 붙어서 실뱅 아저씨에게 이렇게만 말했다.

"조용히 해."

이제 밭에는 쟁기질이 모두 끝났고, 마르틴은 양을 '공유지'라고 부르는 방목장으로 더 멀리 데리고 갔다. 목부 아저씨와 나는 야생화의 일종인 헤더가 있는 들판과 숲으로 가축을 데리고 갔다. 나는 양모로 된 발끝까지 오는 큰 망토를 입고 있었지만 너무 추웠다. 목부 아저씨는 종종 불을 피웠다. 그는 내게 숯에 구운 감자와 밤을 나눠주었다. 그리고 추위를 피해 불을 더 잘 쬘 수 있도록 바람이 어느 쪽에서 부는지 가르쳐주었다. 그는 불을 쬐면서 물과 포도주의 노래를 불렀다.

그 노래는 절이 20개가 넘었다. 물과 포도주가 인간을 불행하게 만든다고 서로를 비난하면서도 스스로는 극히 찬양하는 노래였다. 나는 물의 말이 맞는다고 봤고, 목부 아저씨는 포도주도 틀리지 않다고 봤다. 우리는 오랜 시간 같이 있었다. 그는 솔로뉴에서 아주 먼 곳에 있는 고향에 관해 이야기했다. 그는 고향에서도 소를 치는 목동이었는데, 어렸을 때 황소에게 다쳤다고 했다. 그 때문에 오랫동안 아팠고, 너무 고통스러워서 비명을 지를 정도였다고 했다. 이후에 고통은 사라졌지만 눈에 보이는 것처럼 온몸이 뒤틀리게 되었다고 했다. 그는 소를 치면서 일했던 농장의 이름을 모두 기억하고 있었다. 예전 농장 사람들은 나쁜 사람도 있었고 착한 사람도 있었지만, 여기 빌비에유 농장처럼 관리인이 좋은 곳은 없었다고 했다. 이곳 농장의 소는 자기 고향의 소와 아주 다르다고 했다. 목부 아저씨 고향에서는 소들이 몸집이 작고 뿔이 방추처럼 뾰족했지만, 여기 소들은 크고 튼튼하며 뿔이 얇지 않고 우둘투둘하다고 했다. 그는 소들을 좋아했고 각각 이름을 불렀다. 그가 가장 좋아하는 소는 실뱅 아저씨가 봄에 사 온 예쁜 흰 소였다. 그 흰 소는 항상 고개를 들어 먼 곳을 보다가 갑자기 주둥이를 내민 채 뛰기 시작했다. 그러면 그는 큰 소리로 외쳤다.

"멈춰. 흰 소야, 멈춰."

대부분의 경우 흰 소는 스스로 멈췄지만 어떤 때는 개를 보내야 했다. 흰 소를 멈추게 하려고 개가 흰 소와 싸우는 경우도 있었고, 흰 소는 개가 주둥이를 물 때만 무리로 돌아왔다.

그러면 목부 아저씨는 흰 소에게 불평하며 말했다.

"뭘 뉘우치긴 하나 모르겠네."

12월에는 소들이 계속 외양간에 있었다. 나는 양들도 그럴 것이라고 생각했다. 하지만 유젠 아저씨는 솔로뉴가 아주 가난한 고장이라서 농부들이 수확한 양이 충분치 않기 때문에 모든 가축에게 먹일 풀이 부족하다고 설명해주었다.

나는 이제 혼자서 들판과 숲에 가게 되었다. 새들은 모두 떠났다. 쟁기질이 끝난 땅 위로 안개가 깔렸고, 숲은 적막했다. 버림받았다는 생각 때문에 주변 땅이 무너진다고 느껴질 때도 있었다. 까마귀가 잿빛 하늘 위에서 시끄럽고 탁한 소리로 울면 세상의 불행을 알리는 것 같았다.

양들도 이제 뛰어다니지 않았다. 상인이 와서 수컷 양을 모두 데리고 갔고, 어린 암컷들은 자기들끼리 놀 줄 몰랐다. 남겨진 어린 암컷들은 서로 꼭 붙어 걸었고, 먹이를 먹지 않을 때도 고개를 계속 숙이고 있었다.

그중에 몇 마리는 내가 알던 어린 소녀들을 생각나게 했다. 나는 그 양들의 머리를 들어 올려 쓰다듬었다. 하지만 양들은 여전히 아래를 내려다봤고, 고정된 눈동자는 반사되지 않는 유리 같았다.

어느 날 길을 알아볼 수 없을 정도로 안개가 너무 짙어서 깜짝 놀랐다. 어디에 있는 건지도 모르는 큰 나무가 갑자기 옆에 나타났다. 안개가 나무 윗부분을 완전히 가리고 있었고, 헤더는 양모로 뒤덮인 것 같았다. 하얀색의 어떤 형태가 나무에서 내려와서 투명하고 긴 흔적을 남기며 헤더 위로 미끄러졌다.

나는 양 떼를 옆쪽 들판으로 몰았다. 하지만 양들은 한데 뭉친 채 앞으로 나아가려고 하지 않았다. 나는 양들이 왜 움직이려 하지 않는지 확인해보기 위해 앞으로 갔다. 언덕 아래 작은 개울이 흐르고 있었다. 겨우 찰박거리는 정도였다. 개울은 하얀 양모로 된 두꺼운 담요 아래에서 잠자고 있는 것 같았다. 나는 오랫동안 개울을 바라봤다. 그리고 양 떼를 숲 쪽으로 다시 몰았다.

농장이 어느 쪽에 있는지 알아내려고 하는 동안 양 떼는 숲을 돌아갔고 어느덧 울타리가 둘린 길에 도착했다. 안개는 여전히 짙었고 커다란 벽 사이를 걷고 있는 것만 같았다. 나는 양들이 어디로 가는지도 모르고 따라갔다. 양들이 갑자기 길에서 벗어나서 오른쪽으로 방향을 틀자 나는 곧 양들을 멈추게 했다. 나는 성당 입구를 알아봤다. 문은 활짝 열려 있었고, 양쪽에 붉은 불빛이 회색의 둥근 천장을 비추고 있었다. 거대한 기둥이 줄지어 있었고, 가장 안쪽에는 작은 네모난 창이 있어서 그 사이로 희미한 불빛이 보였다. 양 떼를 성당 쪽으로 가지 못하게 막는 일은 힘들었다. 양들을 밀어내면서 보니 양들은 작은 하얀 진주 방울로 뒤덮인 것 같았다. 양들이 곧바로 몸을 털었는데 그 탓에 뭔가 부딪히는 소리가 작게 났다. 나는 어떻게 해야 할지 몰랐다. 그리고 실뱅 아저씨가 나를 무척이나 기다릴 거라는 생각이 들면서 매우 걱정되었다. 나는 농장을 쉽게 찾을 수 있을 거라고 믿으면서 발걸음을 돌렸고, 가능한 한 소리를 적게 내려고 노력하면서 우리가 왔던 길로 양들을 밀었다. 길에 들어서자 근처에서 남자의 목소리가 들렸다. 남자가 말했다.

"이 불쌍한 짐승들이 집으로 가게 해주자."

그러고는 남자가 양 떼를 성당 쪽으로 몰았다. 나는 그 목소리가 유젠 아저씨의 목소리라는 걸 곧바로 알았다. 유젠 아저씨는 어떤 양의 등에 손을 대고 말했다.

"양털에 작은 서리가 내리면 보기에는 예뻐도 양한테는 안 좋아."

나는 거기에서 유젠 아저씨를 만난 게 놀랍지 않았다. 내가 성당을 가리키며 저게 뭔지 물었다.

"너를 위해서였어. 네가 밤나무길을 찾지 못할 것 같아 걱정되었거든. 그래서 양쪽에 등을 달아놓은 거야." 그가 대답했다.

머릿속이 혼란스러웠다. 잠시 후 나는 성당에 줄지어 있다고 생각했던 기둥이 사실은 밤나무의 몸통이라는 걸 깨달았다. 그리고 큰 방에 있던 네모난 작은 창문들은 사실 벽난로에 불이 켜진 것이었다.

유젠 아저씨는 직접 양의 머릿수를 세고, 내가 양들에게 따뜻한 짚 더미를 깔아주는 걸 도와주었다. 그리고 내가 양 우리를 나오는 순간 나를 붙잡고 지난번에 잃어버렸던 양 두 마리가 어떻게 되었는지 정말 모르냐고 물었다. 유젠 아저씨가 나를 거짓말쟁이로 생각한다는 사실이 너무 창피했다. 나는 울음을 참지 못한 채 그 양들은 정말 내가 모르는 사이에 사라졌다고 말했다. 그러자 유젠 아저씨는 그 양들이 물에 빠져 죽은 것을 자신이 발견했다고 말했다.

나는 유젠 아저씨가 부주의하다며 날 혼낼 것이라고 생각했다. 하지만 아저씨는 부드럽게 말했다.

“어서 가서 몸을 녹이렴. 솔로뉴에 내릴 서리가 모두 네 머리에 내렸구나.”

나는 다음 날 양들이 빠져 죽은 물구덩이를 보러 가려고 마음먹었다. 하지만 밤사이 눈이 너무 많이 내려서 들판에 나갈 생각조차 할 수 없었다. 나는 비비슈 아주머니를 도와서 리넨 제품을 수선했고, 마르틴은 슬픈 노래를 부르면서 물레에서 실을 뽑았다.

그날 저녁 개들이 밤까지 쉬지 않고 심하게 짖었다. 마르틴은 걱정스러운 것 같았다. 그녀는 개들이 짖는 소리를 듣고 실뱅 아저씨 쪽으로 몸을 돌려서 말했다.

"이맘때 늑대들이 오는데 무섭네요."

실뱅 아저씨는 일어나서 개들에게 뭐라고 말하고는 랜턴을 들고 우리를 돌아봤다.

여드레 동안 눈이 내렸고 농장으로 까마귀 수백 마리가 날아왔다. 까마귀들은 무척이나 굶주려 있어서 그런지 어떤 것도 무서워하지 않았다. 까마귀들이 외양간과 곳간 안으로 들어왔고 밀을 빻는 맷돌을 엉망으로 만들었다. 실뱅 아저씨가 까마귀를 많이 잡아서는 비계와 양배추를 넣고 까마귀 고기 요리를 했다. 모든 사람이 아주 맛있다고 했다. 하지만 개들은 전혀 먹지 않았다.

오랜만에 가축들을 밖으로 다시 내보낸 날에도 전

나무에는 여전히 눈이 잔뜩 쌓여 있었다. 언덕 역시 모두 하얀색이었고, 농장과 아주 가까워 보였다. 모든 것이 하얀색이었고 눈이 부셨다. 나는 눈 때문에 물건들이 원래 있던 자리에 있는지 더는 구분할 수가 없었고, 매 순간 농가 지붕 위로 올라오는 푸른 연기를 알아보지 못할까 봐 걱정되었다.

양들은 먹을 것을 전혀 찾지 못하고 사방으로 뛰어다녔다. 나는 양들이 흩어지지 못하게 했다. 양들은 움직이는 눈처럼 보였고, 나는 양들을 눈에서 놓칠세라 신경 써야 했다. 나는 큰 숲을 따라 펼쳐진 들판에 양들을 모으는 데 성공했다. 숲의 나무들이 쌓인 눈의 무게를 이기지 못한 탓에 여기저기에서 눈이 쏟아져 내렸다. 두꺼운 가지에서는 눈이 한 번에 떨어졌지만, 좀 더 가는 가지들은 여러 번 흔들린 뒤에야 눈이 떨어졌다.

나는 이 숲에 들어와 본 적이 한 번도 없었다. 나는 그저 이 숲이 아주 넓고, 마르틴이 가끔 양들을 데리고 오는 곳이라고만 알고 있었다. 숲의 전나무들은 매우 컸고 헤더 덤불이 우거져 있었다.

잠시 동안 나는 거대한 헤더 덤불을 바라봤다. 덤불이 움직이는 것 같았고, 그와 동시에 누가 잔가지를 밟은 것처럼 가지가 꺾이는 소리가 났다.

나는 금세 걱정스러워졌다. '누가 저기에 있다'는 생각이 들었다. 아무것도 움직이지 않는데, 그 소리가 점점 더 가까이 들려오기 시작했다. 나는 산토끼나 먹을 걸 찾는 다른 작은 짐승일 거라고 애써 생각했다. 하지만 이 모든 생각에도 불구하고 나는 누군가가 거기에 있다는 생각을 떨쳐버릴 수 없었다.

너무 불안해서 농장으로 돌아가기로 마음먹었다. 내가 양 떼 쪽으로 두 발짝 다가간 순간, 양들은 숲속에서 떨어져서 재빨리 서로 바짝 붙었다.

나는 두리번거리면서 양들이 그렇게 무서워하는 게 뭔지 열심히 찾았고, 양 떼 한가운데에서 주둥이에 양 한 마리를 물고 있는 누런 개를 발견했다. 처음에는 카스티유가 화가 난 거라고 생각했지만, 그 순간 카스티유가 애처롭게 울면서 내 치마 속으로 뛰어들었다. 나는 곧바로 그게 늑대라는 걸 알아챘다. 늑대는 양 몸통 중앙을 한입 가득 물고 있었다. 늑대는 너무나 쉽게 비탈면으로 뛰어올라서 숲을 가르는 큰 도랑을 뛰어넘었는데, 늑대의 뒷발을 보니 날개가 떠올랐다. 그 순간 나는 늑대가 나무 위를 날아다닌다고 해도 놀랍지 않을 것이라는 생각을 했다.

나는 내가 겁을 먹었는지도 알지 못한 채 잠시 그대로 서 있었다. 그리고 도랑에서 눈을 떼지 못하겠다는 생각이 들었다. 눈꺼풀이 너무 뻣뻣해져서 앞으로 절대 눈을 감을 수 없을 것만 같았다. 농장에서 누군가가 내 소리를 들을 수 있게 소리를 지르고 싶었지만 목소리가 나오지 않았다. 달아나고 싶었지만 다리가 너무 심하게 떨려서 축축한 바닥에 주저앉을 수밖에 없었다.

카스티유는 얻어맞은 것처럼 계속 짖었고, 양들은 한데 뭉쳐 있었다. 나는 농장으로 양들을 겨우 끌고 올 수 있었고, 실뱅 아저씨를 찾아서 달렸다. 실뱅 아저씨는 나를 보자마자 무슨 일이 벌어졌는지 알아챘다. 그는 동생을 부른 뒤 소총 두 자루를 챙겨서 잠금장치를 풀었다. 그동안 나는 늑대가 사라진 장소를 정확하게 설명하려고 애썼다. 그날 저녁 그들은 늑대를 찾지 못한 채 돌아왔다.

우리는 밤새도록 이 이야기만 했다. 유젠 아저씨는 늑대가 어땠는지 알고 싶어 했고, 비비슈 아주머니는 늑대가 카스티유처럼 털이 길고 누렇더란 이야기를 듣고 화를 냈다. 하지만 늑대는 카스티유보다 훨씬 아름다웠다.

다음 날은 마르틴 차례였다. 그녀가 막 양들을 우리에서 데리고 나와서 아직 밤나무길 끝에도 다다르지 않았을 때 억눌린 듯한 비명이 들렸다.

집에서 모두가 뛰어나왔다. 나는 제일 처음으로 마르틴에게 도달했다. 늑대가 양 한 마리를 낚아채서 달아나려고 하고 있었고, 마르틴은 몸을 숙인 채 있는 힘껏 양을 잡아당기고 있었다. 늑대는 양의 목을 물고 있었고, 마르틴만큼 힘껏 양을 잡아당겼다.

마르틴의 개가 늑대의 넓적다리를 사납게 물었지만, 늑대는 느끼지 못하는 것 같았다. 실뱅 아저씨가 늑대에게 바로 총을 쐈고, 늑대는 양의 목 일부분을 주둥이에 문 채 굴러갔다.

마르틴의 눈이 커졌고 입술은 아주 창백해졌다. 모자가 흘러내려서 가르마를 탄 머리가 보였는데, 그걸 보니 아무런 위험 없이 산책할 수 있는 오솔길이 떠올랐다. 그녀의 단호한 표정은 고통스러움에 살짝 찌푸린 얼굴로 변했고, 그녀는 계속 팔을 폈다 오므렸다 했다. 그녀는 밤나무에 기대어 있다가 늑대를 살펴보고 있는 유젠 아저씨의 곁으로 갔다. 그녀는 늑대를 잠시 바라보더니 소리 높여 말했다.

"불쌍한 것, 배가 고팠구나!"

실뱅 아저씨는 손수레에 늑대와 양 사체를 싣고 농가로 가져갔다. 개들은 불안한 듯 코를 킁킁대며 뒤따라갔다.

며칠 동안 실뱅 아저씨와 유젠 아저씨는 주변을 사냥했다. 유젠 아저씨는 내 옆을 지날 때마다 항상 애정 어린 말을 해주었다. 그리고 총 때문에 늑대는 가까이 오지 않을 것이고, 이 고장에서는 늑대를 보는 일이 흔치 않다며 나를 안심시키려 했다. 그렇지만 나는 더 이상 그 큰 숲 쪽으로 가지 않았다. 금작화와 헤더만 있는 언덕이 더 나았다.

봄이 오자 폴린 아주머니는 소젖을 짜고 돼지 돌보는 일을 가르쳐주었다. 아주머니는 나를 훌륭한 농부로 만들고 싶다고 말했다. 나는 무시하듯 말하던 원장 수녀님 생각이 저절로 났다.

"소젖을 짜고 돼지를 돌보게 될 거예요!"

원장 수녀님은 내게 벌을 주듯이 그렇게 말했지만, 나는 동물을 돌보는 게 아주 좋았다. 젖소의 옆구리에 이마를 대고 힘을 줘서 젖을 짜면 양동이가 금세 가득 찼다. 우유 위에는 갖가지 색을 띠는 거품이 일었는데, 해가 그 위를 비추면 너무 아름다워서 시간 가는 줄 모르고 쳐다봤다.

나는 돼지를 돌보는 일이 전혀 혐오스럽지 않았다. 돼지 먹이는 익힌 감자와 응고시킨 우유를 섞은 것이었다. 나는 양동이에 두 손을 집어넣고 돼지 먹이를 잘 섞었다. 돼지들에게 먹이를 주기 전에 잠깐 기다리게 하는 게 내게는 큰 기쁨이었다. 시끄러운 울음소리와 함께 아주 빨리 움직이는 돼지 코를 보면 항상 즐거웠다.

5월에 실뱅 아저씨는 내가 몰고 다니는 양 떼에 암염소 한 마리를 추가했다. 실뱅 아저씨는 결혼 10년 만에 생긴 아기에게 젖을 먹이려고 암염소를 샀다.

이 염소는 양 떼 전체보다 돌보기가 힘들었다. 이 염소 때문에 내가 돌보는 양들이 키가 많이 자란 귀리밭으로 들어가 버렸다.

실뱅 아저씨는 이 사실을 알고 나를 혼냈다. 그는 내가 어느 구석에서 잠을 자는 바람에 그사이에 양 떼가 밭을 망쳐놓은 게 아니냐고 했다.

사실 나는 어쩔 수 없이 매일 어린 전나무 숲 근처로 가야 했다. 그 염소는 단 세 번의 도약으로 전나무 숲에 도달했고, 내가 그 염소를 찾는 동안 양 떼가 귀리를 먹어버린 것이다.

처음에는 염소가 스스로 돌아오기만을 기다렸다. 나는 부드러운 목소리로 염소를 불렀다. 그다음에는 내가 직접 찾으러 가겠다고 마음을 먹었다. 하지만 전나무들이 너무 빽빽하게 자라 있어서 그 안으로 어떻게 들어가야 할지 몰랐다.

그렇다고 염소가 어떻게 되었는지도 모른 채 돌아갈 수도 없었다. 나는 염소가 어디로 사라졌는지 알 것 같아서 얼굴이 찔리는 것을 막으려고 손으로 가지를 치우면서 숲속으로 들어갔다. 곧바로 손가락 사이로 염소가 보였다. 정말 가까이 있었다. 나는 손을 뻗어서 염소 뿔을 잡으려고 했지만, 염소는 뒤로 물러섰고 그 바람에 나뭇가지들이 움직이면서 내 얼굴을 세게 때렸다. 우여곡절 끝에 염소를 붙잡아서 양 떼로 데리고 왔다.

이후 매일 똑같은 일이 반복되었다. 나는 양 떼를 귀리밭에서 최대한 멀리 떼어놓으려고 했고, 염소를 쫓아다녔다.

염소는 새하얀색이었는데, 보는 순간 곧바로 고아원의 보모 마들렌느와 닮았다고 생각했다. 염소는 마들렌느처럼 눈 사이가 아주 멀었다. 내가 전나무 숲에서 꺼내려고 하면 염소는 눈을 깜박이지도 않고 계속 나를 쳐다봤다.

그럴 때면 나는 마들렌느가 염소로 변했다고 생각했다. 나는 염소를 붙잡고 그러지 말라고 애원할 지경이었다. 염소는 내가 혼낼 때 무슨 말을 하는지 다 알아듣는 것 같았다.

어느 날 전나무 숲에서 빠져나오면서 머리가 헝클어졌고, 나는 머리카락을 모으려고 고개를 앞으로 숙였다. 그러자 염소가 옆으로 폴짝 뛰더니 무서운 듯이 울기 시작했다. 염소는 뿔을 낮춘 채 내 쪽으로 다가왔다. 하지만 나는 계속 고개를 숙이고 땅에 끌리는 머리카락을 흔들었다. 그러자 염소는 말로 표현할 수조차 없을 만큼 높게 뛰어서 도망쳐버렸다. 염소가 전나무 숲에 들어갈 때마다 나는 머리카락을 가지고 겁을 주면서 염소에게 복수했다.

어느 날 아침 나는 머리를 풀어헤친 채 염소에게 달려들다가 실뱅 아저씨 때문에 놀랐다. 실뱅 아저씨가 낄낄거리고 웃었는데 왜 웃는지 혼란스러웠다. 나는 곧 동작을 멈추고 땅에 끌리는 머리카락을 추슬렀다.

염소가 내 근처로 돌아왔다. 염소는 목을 길게 빼고 허리를 이상하게 꼰 채로 나를 쳐다보면서 내가 조금이라도 움직이기만 하면 도망칠 기세였다. 실뱅 아저씨는 웃음을 그치지 않았다. 그는 서서 허리를 반으로 접은 채로 아주 크게 웃고 있었다.

그래서 보이는 거라고는 실뱅 아저씨의 작업복과 수염, 큰 모자밖에 없었다. 실뱅 아저씨가 그렇게 웃자 나는 울고 싶어졌지만, 실뱅 아저씨는 계속 죽 그렇게 허리를 꺾고 시끄럽게 웃을 것 같았다.

드디어 실뱅 아저씨가 웃음을 그치고 내게 부드럽게 질문했다. 나는 염소의 못된 행각을 고자질했다. 그러자 실뱅 아저씨는 염소를 손가락으로 가리키면서 다시 웃기 시작했다.

다음 날 마르틴이 염소를 데리고 나갔다. 그리고 이틀 만에 마르틴은 악마가 씐 염소라며 그 염소를 계속 돌보라고 하면 농장을 떠나겠다고 선언했다.

비비슈 아주머니는 염소들은 맞아야 한다고 말했다. 나는 몽둥이로 그 염소를 한 대 때렸던 일이 떠올랐다. 그때 염소 갈비뼈에서 아주 이상한 소리가 났기 때문에 다시는 몽둥이를 들지 않았다.

우리는 염소가 농가 주변을 자유롭게 돌아다니도록 했는데, 어느 날 그 염소는 사라졌고 그 뒤로 어떻게 되었는지 전혀 알 수 없었다.

성 요한 축일이 다가오고 있었다. 유젠 아저씨는 내가 농장에 온 날을 기념하기 위해서 나를 마을로 데려가야 한다고 말했다.

폴린 아주머니는 축젯날에 입으라고 젊은 시절에 입던 노란색 원피스를 선물로 주었다.

마을 이름은 생트 몽타뉴였다. 마을에는 길이 하나밖에 없었는데 그 끝에 성당이 있었다.

미사가 이미 시작되었고 마르틴은 서둘러서 나를 성당으로 데리고 갔다. 그녀는 나를 긴 의자에 앉히고는 내 앞줄에 앉았다.

성당에 들어올 때 느꼈던 장중한 느낌은 곧 사라졌다. 내 뒷줄에 앉은 아주머니 두 명은 계속해서 전날 열렸던 시장에 관해 이야기하고 있었고, 문 근처에 앉은 아저씨들은 아무렇지 않게 큰 목소리로 떠들었다.

신부님이 강단에 오르자 모두 조용해졌다. 나는 신부님이 설교를 할 것이라고 생각했지만, 신부님은 그저 결혼한 부부들을 알려주기만 했다. 신부님이 호명한 여자들은 미소를 띤 채 이쪽저쪽으로 몸을 기울여 인사했다.

기도해야겠다는 생각은 들지도 않았다. 나는 마르틴이 무릎을 꿇고 기도하는 것을 바라봤다. 수놓인 모자 밑으로 구불구불한 갈색 머리카락이 빠져나와 있었다. 그녀는 어깨가 넓었고, 검은 리본으로 허리를 꽉 죈 하얀 블라우스를 입고 있었다.

그녀의 모습이 풋풋하고 새롭게 느껴졌다.

하지만 원장 수녀님은 내게 양 치는 여자들은 불결하다고 말했었다.

나는 양 떼를 돌보던 마르틴의 모습을 떠올렸다. 짧은 줄무늬 치마에 스타킹을 단단하게 올리고 가죽을 덧댄 나막신을 구두처럼 광택을 내서 신은 모습이었다. 그녀는 양 떼를 지극정성으로 돌봤고, 폴린 아주머니는 마르틴이 양 한 마리, 한 마리를 알고 있다고 했다.

미사가 끝나고 마르틴이 내 옆에서 달려가더니 나이 든 아주머니를 다정하게 안았다. 나는 마르틴이 눈앞에서 없어지자 혼자 남아 어디로 가야 할지 몰랐다.

멀지 않은 곳에 슈발 블랑이라는 여관이 보였다. 그곳에서 시끌벅적한 목소리와 그릇이 부딪히는 소리가 흘러나왔다. 사람들이 무리 지어 그곳으로 들어갔고, 얼마 지나지 않아서 광장에는 아무도 없었다.

나는 성당으로 돌아가서 마르틴이 나를 찾으러 오기를 기다리기로 했다. 그때 유젠 아저씨가 뛰어오는 게 보였다. 유젠 아저씨는 내 손을 잡고 웃으며 말했다.

“네 원피스가 이렇게 노란색이 아니었으면 분명히 네가 함께 왔다는 걸 잊었을 거야."

유젠 아저씨는 나를 놀리면서 즐거운 듯이 나를 쳐다봤다.

유젠 아저씨는 나를 학교 선생님 댁으로 데리고 가서 선생님에게 내 점심을 부탁했고, 또 선생님의 아이들과 함께 산책에 데리고 나가 달라고 부탁했다.

유젠 아저씨는 푸른색 작업복을 입고 있었고 선생님은 도시의 신사처럼 옷을 차려입고 있었는데, 둘이 서로 말을 놓는 것을 듣고 깜짝 놀랐다.

점심 식사를 기다리면서 선생님은 요정이 나오는 이야기책을 빌려주었다. 산책 시간이 되자 나는 혼자 남아서 책을 마저 읽었으면 한다고 말했다.

마을 광장에서 소년 소녀들이 햇빛 아래 먼지 속에서 춤을 추고 있었다. 나는 그들의 몸짓이 너무 과장되었다고 생각했고, 즐거운 모습이 시끄럽다고 생각했다.

큰 슬픔이 밀려왔다. 해 질 녘에 마차가 와서 농장으로 우리를 데려갔고, 나는 들판의 고요함과 냄새 속에서 진심으로 안도감이 들었다.

그로부터 며칠 후, 들판에서 돌아오는 길에 울타리를 따라 걷고 있던 양 한 마리가 엄청나게 높이 펄쩍 뛰었다. 내 쪽으로 오는 양을 보니 코에서 피가 나고 있었다. 나는 양이 큰 가시에 찔렸다고 생각했고 양을 씻긴 후 그에 관해서 더는 생각하지 않았다. 다음 날 보니 그 양의 머리가 거의 몸통만큼 커져 있었고 너무 무서웠다. 내 비명을 듣고 마르틴이 달려왔고, 마르틴의 비명을 듣고 모든 사람이 달려왔다.

내가 그 전날 무슨 일이 있었는지 설명하자 실뱅 아저씨는 양이 독사에 물렸을 거라고 했다.

양을 씻기고 부기가 빠질 때까지 우리에 내버려 둬야 했다.

그 불쌍한 짐승을 낫게 해달라고 기도하는 것 외에는 할 말이 없었다. 하지만 그 양과 혼자 있으니 아주 무서웠다.

작은 몸통 위에서 흔들리는 그 거대한 머리가 너무 무서웠다. 지나치게 큰 눈과 거대한 입, 곧게 서 있는 귀가 모두 합쳐지니 상상하기도 힘든 괴물의 모습 같았다. 양은 벽에 부딪힐까 봐 무서운 듯이 계속 우리 한가운데에 있었다. '저건 그냥 양이야'라고 되새기며 가까이 가보려고 했다. 하지만 양이 내 쪽으로 고개를 돌리면 나는 화살처럼 쏜살같이 문을 향해 내달렸다. 한편으로는 양이 정말 불쌍했다. 가끔 오른쪽에서 왼쪽으로 흔들리는 양의 머리를 보면 나를 질책하는 것 같았다. 그러면 내 머릿속에서 무언가가 뒤집어지면서 미쳐가는 것 같은 느낌이 들었다. 이러다 내가 양을 굶어 죽게 내버려 둘 수도 있겠구나 하고 깨달았다.

나는 부기가 빠질 때까지 양을 돌보고 싶어 하는 목부 아저씨에게 이 말을 했다. 그랬더니 그가 나를 비웃었다. 그는 왜 내가 아픈 양을 그렇게 무서워할 수 있는지 이해하지 못했다.

얼마 후 나도 목부 아저씨를 위해 뭔가를 해줄 수 있게 되었고, 그게 아주 만족스러웠다.

어느 날 아침 목부 아저씨는 황소를 풀어놓다가 발을 잘못 디뎌서 황소 앞으로 넘어졌다. 황소는 콧김을 내뿜고 킁킁거리면서 그의 냄새를 맡았다. 그 황소는 농장에서 키우는 어린 황소로 한창 심술을 부리기 시작하고 있었다.

목부 아저씨는 황소를 두려워했고, 자기가 넘어진 걸 황소가 봤으며 그걸 기억할 거라고 확신했다.

나는 그를 안심시키고 싶었지만 무슨 말을 해야 할지 몰랐다. 목부 아저씨가 한순간에 늙어버린 것 같아서 깜짝 놀랐다. 그가 모자를 땅에 던졌는데, 그제야 그의 머리카락 색이 온통 회색인 걸 알게 되었다.

온종일 목부 아저씨에 대해 생각했고, 다음 날 소들이 한 마리씩 우리에서 나가는 동안 나는 참지 못하고 우리에 들어갔다.

목부 아저씨는 황소가 묶인 줄을 계속 당기는 걸 쳐다만 보고 있었다. 내가 다가가서 황소를 쓰다듬은 뒤에 풀어주었다.

목부 아저씨는 황소가 미친 듯이 축사를 빠져나가게 내버려 두었다. 그는 아주 놀란 듯이 나를 바라보더니 다리를 절면서 황소를 따라 나갔다.

나는 부어오른 양보다 황소가 덜 무서웠고, 매일 눈에 띄지 않게 조심하면서 우리로 들어갔다.

그런데 유젠 아저씨가 나를 봤다. 유젠 아저씨는 나를 한쪽으로 데려가서 작은 눈으로 내 눈을 들여다보면서 말했다.

"왜 황소를 풀어주었지?"

나는 진실을 말하면 목부 아저씨가 혼날까 걱정되었다. 그래서 뭐라고 말할까 머리를 굴렸지만 할 말을 생각해내지 못했다. 결국 나는 황소를 풀어주지 않았다고 말했다. 그러자 유젠 아저씨가 빈정거리면서 말했다.

"혹시 거짓말쟁이가 되려는 거냐?"

그 즉시 나는 모든 것을 말했고, 그다음 토요일에 그 황소는 팔렸다.

나는 종종 유젠 아저씨가 모든 이들에게 얼마나 좋은 사람인지 보게 되었다. 실뱅 아저씨는 일꾼들과 문제가 있을 때마다 항상 동생인 유젠 아저씨를 불렀고, 유젠 아저씨는 몇 마디로 상황을 정리했다.

유젠 아저씨는 실뱅 아저씨와 똑같은 일을 맡고 있었다. 하지만 시장에 가는 것은 거부했다. 자기는 치즈도 팔 줄 모른다고 말했다.

유젠 아저씨는 몸을 흔들면서 마치 소들에게 걸음을 맞추는 것처럼 천천히 걸었다.

그는 거의 매주 일요일을 생트 몽타뉴에서 보냈다. 날씨가 나쁠 때는 거실에서 책을 읽었다. 나는 혹시라도 그가 책을 읽지 않는 날이 있을까 기대하고 지켜봤다. 하지만 그런 일은 절대 없었다. 농장에 읽을 게 전혀 없다는 게 아쉬웠다. 그래서 주변에 돌아다니는 종잇조각을 모두 모았다.

마침내 폴린 아주머니가 그 사실을 알고서 내가 구두쇠가 될 거라고 말했다.

어느 일요일에 나는 용기를 내서 유젠 아저씨에게 책을 한 권 부탁했다. 그러자 아저씨는 두꺼운 가사책을 선물로 주었다.

여름 내내 나는 그 책을 들고 들판으로 나갔다. 그리고 가장 맘에 드는 가사에 선율을 입혔다. 그 일이 질릴 때쯤, 폴린 아주머니가 만성절* 대청소를 하는 것을 돕다가 여러 해 치 연감을 발견했다.

폴린 아주머니는 그것들을 다락에 올려놓으라고 말했다. 하지만 나는 그 연감이 원래 있던 서랍에 그대로 있다는 걸 잊은 척했고, 몰래 하나씩 가져갔다. 연감에는 재미있는 이야기가 가득했고, 그걸 읽느라 추운 줄도 모르고 그해 겨울을 났다.

다락에 연감을 올려놓으면서 연감이 더 없는지 샅샅이 뒤졌다. 표지가 없는 작은 책 하나만 나왔는데, 누가 오랫동안 주머니에 넣어 가지고 다녔던 것처럼 귀퉁이가 말려 있었다. 처음 두 장은 떨어져 나갔고, 세 번째 장은 더러워서 글자가 거의 보이지 않았다. 더 잘 보려고 천창 가까이 책을 가져갔다. 각 장 상단에는 《텔레마코스의 모험》**이라는 제목이 적혀 있었다.

나는 아무 데나 펴서 몇 줄 읽었는데, 너무 재미있어서 곧바로 그 책을 주머니에 넣었다.

* 11월 1일로, 모든 성인 대축일, 또는 모든 성인의 날이라고 한다. 로마 가톨릭교회를 비롯한 서방 기독교에서 천국에 있는 모든 성인을 기리는 대축일이다.

** 프랑수아 드 페늘롱이 루이 14세의 손자를 위해 지은 책으로 오디세우스의 아들 텔레마코스가 스승 멘토르와 함께 모험하면서 현명한 제왕의 덕목을 익히게 된다는 내용이다.

다락에서 내려왔을 때 그 책을 다락에 넣어놓은 게 유젠 아저씨이고 언제든지 책을 찾으러 올 수 있겠다는 생각이 갑자기 들었다. 그래서 나는 책을 검은 들보 위에 다시 놓아뒀다. 다락에 갈 일이 생길 때마다 나는 그 책이 계속 그 자리에 있는지 확인했고, 할 수 있는 한 많이 읽었다.

그때쯤 다시 양 한 마리가 아팠다. 양은 오랫동안 먹이를 먹지 않은 것처럼 옆구리가 홀쭉했다. 나는 폴린 아주머니에게 가서 양을 어떻게 돌봐야 하는지 물었다.

폴린 아주머니는 닭 털을 뽑다가 멈추고는 그 양의 몸이 많이 긴장했는지 물었다.

나는 곧바로 대답하지 않았다. '긴장했다'는 단어가 무슨 뜻일지 생각했다. 양이 아프면 긴장하는가 보다고 생각했다. 그래서 그렇다고 말했다. 그리고 더 확실하게 말하기 위해서 급하게 덧붙였다.

"완전히 납작해요."

그러자 폴린 아주머니가 나를 놀리면서 웃기 시작했다. 그녀는 몇 발자국 떨어진 곳에서 휘파람을 불고 있는 유젠 아저씨에게 말했다.

"유젠, 여기 와서 이것 좀 들어봐요. 얘가 양 몸이 긴장되었으면서 동시에 납작하대요."

유젠 아저씨도 웃었다. 그는 나를 '무늬만 양치기'라고 부르면서 양은 배가 부푼 게 몸이 긴장된 것이라고 알려주었다.

이틀 후 폴린 아주머니는 실뱅 아저씨와 의논해봤는데 나에겐 좋은 양치기가 될 가능성이 전혀 없으니 집안일을 시키기로 결정했다고 말했다. 비비슈 아주머니는 뭐 하나 잘하는 일이 없었고, 폴린 아주머니는 아기를 낳은 뒤로 아무 일도 할 수가 없다고 했다.

몇 마디만 듣고도 다락에 자주 갈 수 있겠다는 생각이 들었고, 나는 폴린 아주머니에게 격하게 감사를 표했다.

이제 나는 농장 하녀라서 닭과 토끼를 죽여야 했다. 나는 마음의 준비가 전혀 되지 않았고, 폴린 아주머니는 내 혐오감을 전혀 이해하지 못했다. 그녀는 내가 돼지를 죽일 때 도망가는 유젠 아저씨 같다고 말했다.

나는 내 의지를 증명하기 위해서 닭을 잡으려고 해봤다. 닭은 내 손 안에서 발버둥 쳤고, 얼마 안 가서 내 주변에 있던 짚이 온통 붉게 변했다. 닭이 더는 움직이지 않자 나는 닭을 곳간에 내려놓고 비비슈 아주머니가 닭 털을 뽑으러 오기를 기다렸다. 하지만 비비슈 아주머니는 닭이 다시 일어서서 곡식이 가득 든 바구니 한가운데 발을 올려놓고 있는 것을 보고 나를 놀렸다. 닭은 내가 준 상처를 가능한 한 빨리 극복하려는 듯 게걸스럽게 곡식을 먹고 있었다. 비비슈 아주머니는 닭을 잡고 칼로 목을 그었고, 짚은 아까보다 더 붉게 변했다.

낮잠 시간 동안 책을 읽으려고 다락에 올라갔다. 나는 아무 장이나 펼쳤다. 그렇게 하면 다시 읽을 때 항상 새로운 것을 발견했다.

나는 그 책이 좋았다. 그 책은 마치 내가 은신처로 몰래 보러 가는 젊은 죄수 같았다. 책장처럼 옷을 입고 검은 들보 위에 앉아서 나를 기다리는 남자를 상상했다. 어느 날 저녁에 나는 그와 함께 멋진 여행을 했다.

책을 덮고 다락 천창에 팔꿈치를 괬다. 날이 거의 저물고 있었고, 전나무는 푸르름이 덜했다. 솜털처럼 뭉쳤다가 흩어지는 하얀 구름에 태양이 가려졌다.

어찌 된 일인지 알 수 없었지만, 갑자기 나는 텔레마코스와 함께 나무 위에 있었다. 그가 내 손을 잡고 있었고, 우리 머리는 하늘의 푸른빛에 닿아 있었다. 그는 아무 말도 하지 않았다. 그래도 나는 우리가 태양 속으로 가고 있다는 것을 알았다.

비비슈 아주머니가 아래에서 나를 불렀다. 나는 먼 거리에도 불구하고 날 부르는 소리를 똑똑히 들었다. 아주머니가 아주 크게 소리 지르는 것으로 볼 때 화가 난 게 틀림이 없었다. 하지만 나는 신경 쓰지 않았다. 내게는 태양을 둘러싼 빛나는 솜털만 보였고, 이제 우리가 지나가도록 길이 열리고 있었다.

팔을 맞고서야 나는 다락으로 떨어졌다. 비비슈 아주머니가 천창에서 나를 떼어놓으면서 말했다.

"이렇게 소리를 지르게 하다니 생각이 있는 거니! 수프 먹으라고 스무 번도 넘게 불렀다."

얼마 지나지 않아서 들보 위에서 그 책을 더는 찾을 수 없게 되었다. 하지만 그 책은 가슴에 담은 친구였고, 나는 오랫동안 그 책을 기억했다.

크리스마스 이틀 전에 실뱅 아저씨가 돼지를 잡을 준비를 했다. 실뱅 아저씨는 큰 칼 두 개를 갈고 마당 한가운데에 깨끗한 짚을 깐 다음에 돼지를 꺼냈는데, 돼지는 무슨 일이 벌어질지 짐작이라도 한 듯이 소리를 지르기 시작했다. 실뱅 아저씨는 돼지의 네 발을 끈으로 묶었다. 그리고 단단하게 박힌 말뚝에 끈을 고정시키면서 아내에게 말했다.

"폴린, 칼 감춰. 돼지가 못 보게."

폴린 아주머니는 내게 깊이가 아주 깊은 팬을 주었고, 나는 피 한 방울도 흘리지 않도록 팬을 잘 들고 있어야 했다.

실뱅 아저씨가 옆으로 쓰러져 있는 돼지에게 다가갔다. 돼지 앞에 한쪽 무릎을 꿇고 앉아서 돼지 멱 근처를 만지더니, 아내에게 손을 내밀어서 가장 큰 칼을 받았다. 그리고 손가락으로 표시한 지점에 칼끝을 대고 천천히 칼을 꽂기 시작했다.

그 순간 돼지는 사람 비명 같은 소리를 내질렀다.

돼지 멱에 난 상처를 따라 붉은 핏줄기가 흘렀다. 칼을 따라서 피 두 줄기가 솟구쳤다가 실뱅 아저씨의 손 위로 떨어졌다. 실뱅 아저씨는 칼자루까지 들어가자 얼마동안 무게를 실어 위쪽을 눌렀고 칼을 꽂을 때만큼이나 천천히 뽑았다.

온통 붉은색인 칼날이 빠져나오는 것을 보자 입이 차가워지고 침이 나오지 않는 게 느껴졌다.

또 손에 힘이 풀리면서 냄비가 완전히 한쪽으로 기울었다.

실뱅 아저씨가 그걸 봤다. 고개를 들어 나를 보더니 아내에게 소리쳤다.

"쟤한테서 팬 받아."

나는 한 마디도 할 수 없었지만 아니라고 고개를 저었다. 실뱅 아저씨의 침착한 눈빛 덕분에 나는 감정을 추스를 수 있었고, 두 손으로 팬을 꽉 잡고 거품이 일면서 쏟아지는 피를 받았다.

돼지의 비명이 그치자 유젠 아저씨가 우리 쪽으로 다가왔다. 그는 내가 마지막까지 눈물처럼 방울방울 떨어지는 피를 받고 있는 걸 보고 몹시 놀란 것 같았다.

"어떻게! 네가 피를 받은 거야?" 유젠 아저씨가 말했다.

"그럼. 너처럼 겁쟁이가 아니란 걸 증명한 거지." 실뱅 아저씨가 말했다.

"정말이네! 나는 가축 멱 따는 거 보는 게 너무 힘들어." 유젠 아저씨가 나를 쳐다보며 말했다.

"뭐, 나무가 우리를 따뜻하게 해주는 것처럼 가축은 우리에게 먹을 걸 주는 거야." 실뱅 아저씨가 말했다.

유젠 아저씨는 자신의 나약함이 부끄러운 듯이 약간 몸을 돌렸다.

유젠 아저씨의 어깨는 가늘고 목선은 마르틴처럼 둥글었다.

실뱅 아저씨는 유젠 아저씨가 자신들의 어머니와 똑같다고 말했다.

나는 유젠 아저씨가 그렇게 화내는 모습을 본 적이 없었다.

이제까지 들었던 거라고는 유젠 아저씨가 작은 소리로 음조에 맞게 흥얼거리는 소리가 전부였다.

유젠 아저씨는 저녁이면 소를 옆으로 올라탄 채 들판에서 돌아왔고, 종종 똑같은 노래를 불렀다.

한 병사가 자신의 약혼자가 다른 남자와 결혼했음을 안 뒤에 전쟁터로 돌아간다는 노래였다.

그는 다음과 같은 후렴구를 계속 불렀다.

그때가 오면, 내 미숙함 때문에

포탄 하나로 죽게 될 거야.

그래 사랑하는 약혼자여, 안녕

나는 전쟁터로 가겠소.

폴린 아주머니는 유젠 아저씨에게 항상 정중한 말투를 썼다. 그녀는 내가 유젠 아저씨에게 어떻게 그렇게 자유롭게 말하는지 이해하지 못했다.

내가 문가 벤치에서 유젠 아저씨 옆에 앉은 것을 본 첫날, 폴린 아주머니는 내게 들어오라는 신호를 보냈다. 하지만 유젠 아저씨가 이렇게 말하며 나를 다시 불렀다.

“올빼미 소리를 들어보렴.”

우리는 가끔 다른 사람들이 모두 잠든 후에도 함께 벤치에 앉아 있기도 했다.

올빼미는 문과 아주 가까이에 있는 오래된 느릅나무 위까지 오기도 했다. 올빼미가 우는 소리는 아주 부드러워서 우리에게 저녁 인사를 하는 것 같았다. 그런 다음 올빼미는 우리 머리 위로 큰 날개를 펼치고 조용하게 날아갔다.

언덕에서 노랫소리가 여러 번 들렸다.

나는 그 소리에 몸을 떨었다. 밤에 들리는 그 풍부한 소리는 콜레트의 목소리를 떠올리게 했다.

유젠 아저씨는 그 소리가 멈추면 돌아왔다. 하지만 나는 그 소리를 다시 들을 수 있기를 바랐다. 그러면 그는 내게 말했다.

“이제 들어가렴. 끝났어.”

겨울이 오자 우리는 이제 더는 문 앞에 앉아 있을 수 없었고, 이 일은 비밀 통신처럼 우리 사이에 남게 되었다. 유젠 아저씨는 누군가를 놀릴 때 교묘한 눈빛으로 내 눈을 바라봤고, 당황스러운 상황에서 자신의 의견을 말해야 할 때는 내 허락을 기다리는 듯이 내 쪽을 돌아봤다.

나는 원래부터 그를 알아 온 것 같았고, 마음속 깊은 곳에서 그를 오빠라고 불렀다.

그는 종종 폴린 아주머니에게 내가 마음에 드는지 물었다. 폴린 아주머니는 그에게 같은 말을 반복해서 할 필요가 없다고 대답했다. 그녀가 날 비난한 말이라고는 내가 일할 때 순서를 빠뜨린다는 말뿐이었다. 그리고 내가 처음부터 시작하는 것만큼이나 끝에서부터 시작하는 것도 잘한다고 말했다.

나는 마리에메 수녀님을 잊지 않았다. 하지만 농장에서 더는 지루하지 않았고 행복했다.

다음 해 6월이 되자 여느 때처럼 양털을 깎으러 사람들이 왔다. 그들이 나쁜 소식을 알려주었다. 전국에서 양들이 털을 깎자마자 아프기 시작해서 많이 죽었다고 했다.

실뱅 아저씨는 조심했지만 그 모든 조치에도 불구하고 얼마 지나지 않아 양 100여 마리가 아프기 시작했다.

수의사가 강에서 씻기면 양들을 많이 구할 수 있을 거라고 했다. 그래서 실뱅 아저씨는 허리까지 오는 물속에 들어가서 양들을 한 마리씩 전부 물속에 던져 넣었다. 그의 얼굴이 빨갛게 되었고, 땀은 이마에서 강으로 뚝뚝 떨어졌다.

실뱅 아저씨는 저녁에 열이 있는 채로 잠들었다. 그리고 사흘 뒤에 폐렴으로 죽었다.

폴린 아주머니는 실뱅 아저씨에게 벌어진 불행을 믿을 수가 없었고, 유젠 아저씨는 불안한 눈빛으로 우리를 배회했다.

실뱅 아저씨가 죽은 뒤 얼마 지나지 않아서 농장 주인이 방문했다. 농장 주인은 작고 말랐으며 한시도 가만히 있지 못했는데, 잠시 멈췄을 때는 한 발로 계속 춤추는 것 같았다.

면도를 완벽하게 한 그의 이름은 티랑드 씨였다.

그는 나와 폴린 아주머니가 서 있는 방으로 들어와서 등을 굽힌 채 한 바퀴 둘러봤다. 그러고는 아이를 가리키며 내게 말했다.

"아이를 데리고 나가거라. 이야기를 해야 하니."

나는 마당으로 나와서 아이를 산책시키는 척하면서 열려 있는 창문 앞으로 지나갔다.

폴린 아주머니는 의자에서 움직이지 않았다. 그녀는 무릎 위에 두 손을 모으고 몹시 어려운 것을 이해하려고 애쓰는 것처럼 머리를 앞으로 내밀고 있었다. 티랑드 씨는 그녀를 보지 않고 이야기하고 있었다. 그가 벽난로에서부터 문까지 걷자 구두 굽이 타일에 부딪혔고, 그 소리와 그의 쉰 목소리가 섞여서 들렸다.

그는 들어왔던 것만큼이나 빨리 나갔다. 불안해진 나는 폴린 아주머니에게 그가 무슨 말을 했는지 물으러 갔다.

그녀는 아이를 품에 안고 울면서 티랑드 씨가 자신을 농장에서 내보낼 것이며, 이제 막 결혼한 아들이 대신 농장으로 올 것이라고 말했다고 했다.

티랑드 씨는 주말에 아들 내외와 함께 왔다. 그들은 먼저 가축우리를 둘러본 뒤 집 안으로 들어왔고, 티랑드 씨가 잠깐 내 앞에 서더니 자기 며느리가 나를 쓰기로 했다고 말했다.

폴린 아주머니가 그 말을 들었다. 그녀는 급히 내 쪽으로 한 발을 내디뎠다. 그 순간 유젠 아저씨가 한 손에 서류를 들고 들어왔고, 모든 사람들은 탁자 앞에 앉았다.

사람들이 서류를 읽고 거기에 서명하는 동안 나는 티랑드 씨의 며느리를 바라봤다. 갈색 머리에 키가 크고 눈도 컸으며 지루해 보였다.

그녀는 나를 한 번도 쳐다보지 않은 채 그녀의 남편과 함께 농장을 떠났다.

그들의 마차가 밤나무길 끝으로 사라졌을 때 폴린 아주머니는 티랑드 씨가 내게 한 말을 유젠 아저씨에게 전했다.

유젠 아저씨는 밖으로 나가려다가 갑자기 나에게로 몸을 돌렸다. 그는 화난 것처럼 보였고 목소리가 완전히 바뀌어서 그들이 나를 소유물처럼 취급한다고 말했다. 폴린 아주머니가 내 신세를 측은히 여기는 동안 그는 애초에 티랑드 씨의 명령으로 실뱅 아저씨가 나를 농장으로 데려왔다고 말했다. 그는 폴린 아주머니에게 실뱅 아저씨가 허약한 나를 보고 얼마나 불쌍하다고 했었냐고 말했다. 그리고 자신들이 새로 가게 될 농장에 나를 데려가지 못해서 얼마나 유감인지 말했다.

우리 셋은 모두 거실에 서 있었다. 내 머리 위로 폴린 아주머니의 미안한 눈빛이 느껴졌다. 유젠 아저씨의 목소리는 고통으로 가득한 노래를 생각나게 했다.

폴린 아주머니는 여름이 끝나면 농장을 떠나야 했다. 나는 매일 열심히 리넨류를 정리했다. 나는 그녀가 가져갈 리넨류에는 찢어진 게 단 하나도 없기를 바랐다. 나는 고아원의 보모 쥐스틴에게 배웠던 대로 깔끔하게 수선했고, 하나하나 정성스럽게 갰다.

그날 저녁 나는 유젠 아저씨가 문가의 벤치에 앉아 있는 것을 봤다.

양 우리의 지붕이 달빛에 빛나고 있었고, 퇴비에서는 얇은 망사로 된 베일 같은 하얀 김이 올라오고 있었다.

우리에서는 아무 소리도 들려오지 않았다. 폴린 아주머니가 아이를 재우려고 흔드는 요람의 삐걱거리는 소리만 들렸다. 곡물을 모두 안으로 들인 후에 유젠 아저씨는 이사를 시작했다. 목부 아저씨는 소를 모두 데려갔고, 비비슈 아주머니는 사육장에 있던 모든 가금류를 마차에 싣고 떠났다.

곧 농장에는 유젠 아저씨가 누구에게도 맡기고 싶어 하지 않는 흰 소 두 마리만 남았다. 그는 폴린 아주머니와 아이가 탈 짐수레에 소들을 묶었다.

아이는 짚으로 가득 찬 바구니 안에 잠들어 있었고, 유젠 아저씨는 아이를 깨우지 않도록 조심스럽게 바구니를 마차로 옮겼다. 폴린 아주머니는 바구니를 솔로 덮었고, 집을 향해 크게 성호를 그은 뒤 고삐를 모아 쥐었다. 마차가 밤나무길로 들어섰다.

나는 도로까지 그들을 배웅하고 싶었다. 유젠 아저씨와 마르틴 사이에 서서 소들의 뒤를 따라갔다.

우리는 조용히 걸었다. 가끔 유젠 아저씨가 소들을 다독이며 계속 걷게 했다.

폴린 아주머니가 밤이 오고 있음을 알아차렸을 때는 이미 아주 멀리까지 온 뒤였다. 그녀는 말을 멈추게 했고, 내가 그녀의 볼에 키스하기 위해서 마차 발판 위로 올라서자 슬픈 목소리로 말했다.

"얘야 안녕. 조심해서 돌아가."

그녀가 울음기 가득한 목소리로 덧붙였다.

"불쌍한 실뱅이 살아 있었다면 너를 절대로 포기하지 않았을 텐데."

마르틴은 웃으면서 내 볼에 키스했다.

"우리 다시 만나겠지." 그녀가 말했다.

유젠 아저씨는 모자를 벗었다. 그는 나와 오랫동안 악수를 하고는 천천히 말했다.

"내 어린 친구야 잘 있어. 널 항상 기억할게."

나는 조금 걷다가 그들을 더 보려고 몸을 돌렸다. 밤이 깊어졌어도 유젠 아저씨와 마르틴이 손을 잡고 걷고 있는 게 보였다.

· 제3부 ·

다음 날 새로운 농장 사람들이 도착했다. 아침부터 농장 인부들과 하녀 한 명이 왔고, 저녁이 되자 농장 관리인 부부가 집으로 들어왔다. 나는 그들이 티랑드 씨의 아들 내외인 알퐁스 부부라는 것을 알고 있었다.

티랑드 씨는 빌비에유 농장에서 이틀을 머물렀고, 내가 자신의 며느리 시중을 들어야 하며 농장 일은 이제 하지 말라고 주지시키고 떠났다.

알퐁스 부인은 첫 주부터 유젠 아저씨가 쓰던 방을 리넨 제품을 두는 곳으로 바꾸게 했다. 그리고 여러 가지 천 조각을 올려놓은 큰 탁자 앞에 날 앉히고는 온갖 리넨 제품을 만들게 했다.

그녀는 내 옆에 앉아서 레이스를 떴지만 거의 온종일 말을 하지 않았다.

가끔 리넨류가 가득 들어 있는 자기 어머니의 수납장 이야기를 했다.

그녀의 목소리는 얇고 약했으며, 말할 때 입술을 아주 조금만 움직였다.

티랑드 씨는 며느리를 아주 좋아하는 것처럼 보였다. 항상 올 때마다 그녀가 원하는 것을 물었다.

그녀는 리넨류만 좋아했다. 그래서 티랑드 씨는 다른 천 조각을 사주겠다고 약속하고 떠났다.

알퐁스 씨는 식사 시간에만 나타났다. 나는 그가 무얼 하면서 시간을 보내는지 알 수 없었다.

그의 얼굴을 보면 원장 수녀님이 떠올랐다. 그는 원장 수녀님처럼 피부가 누렇고 눈이 빛났다. 그리고 언제 어느 때 터질지 모르는 화로를 몸에 지니고 있는 것 같았다.

그는 아주 독실해서 일요일마다 부인과 함께 티랑드 씨가 사는 마을로 미사를 보러 갔다.

처음에 그들은 나를 마차에 함께 태워서 가고 싶어 했다.

하지만 나는 폴린 아주머니나 유젠 아저씨를 만날 수 있는 생트 몽타뉴로 가고 싶어서 거절했다.

가끔 일꾼 중 한 명과 함께 가기도 했지만, 보통은 시간이 훨씬 적게 걸리는 지름길로 혼자 갔다.

금작화가 핀 언덕으로 올라가야 하는 험하고 돌이 많은 길이었다.

언덕에서 가장 높은 곳으로 올라가면 나는 장 르 루즈 아저씨네 집 앞에 멈춰 섰다.

집은 낮고 길었다. 벽은 그 벽을 둘러싼 짚만큼이나 거무스름했다. 집을 보지 못하고 지나칠 수 있을 정도로 집 주변에 금작화가 높게 피어 있었다.

나는 그 집에 들어가서, 빌비에유 농장에 왔을 때부터 알고 지내온 장 르 루즈 아저씨에게 인사했다.

그는 실뱅 아저씨 밑에서 계속 일했었고 실뱅 아저씨를 존경했다. 유젠 아저씨는 그에 대해 뭐든 만지게 할 수 있고, 함께 하면 모든 게 잘 풀리는 사람이라고 말했다.

알퐁스 씨는 장 르 루즈 아저씨를 더 이상 고용하

려고 하지 않았다. 또 언덕 위의 집에서도 내보내겠다고 말했다. 장 르 루즈 아저씨는 언덕 위의 집을 무척이나 아꼈고, 그것밖에는 생각하지 않았다.

미사가 끝나면 나는 곧바로 같은 길로 장 르 루즈 아저씨네로 갔다. 아저씨의 아이들이 내 곁으로 몰려와서 내가 가져온 축성 받은 빵을 달라고 했다. 아이들은 여섯 명이었고, 첫째는 아직 열두 살도 되지 않았다. 그 빵은 한 입 거리밖에 되지 않았다. 그래서 나는 아저씨의 부인에게 빵을 주었고, 그녀는 빵을 똑같이 나눴다.

그동안 아저씨는 불 앞으로 나무 의자를 가지고 와서 내게 앉으라고 했고, 자신은 둥근 나뭇조각을 벽난로까지 발로 굴려와서 그 위에 앉았다. 아주머니는 무거운 집게로 잔가지를 불 속에 집어넣었다. 냄비 걸이에 걸린 냄비 안에는 노랗고 큰 감자가 익고 있었다.

첫 번째 일요일부터 아저씨는 내게 말했다.

"나도 버려진 아이였어."

그 이후에 조금씩 이야기를 해주었는데, 그는 열두 살에 이 언덕 위의 집에 살고 있던 나무꾼네로 오게 되었다고 했다. 그는 금세 나무 타는 방법을 터득했고, 나무 꼭대기에 줄을 매달아서 나무를 기울게 할 줄 알게 되었다. 그리고 일과가 끝나면 등에 나뭇단을 메고 좀 더 빨리 집으로 돌아가서, 수프를 만들고 있는 나무꾼의 딸을 만났다.

그녀는 그와 같은 나이였고, 둘은 곧 좋은 친구가 되었다.

어느 크리스마스 저녁, 불행이 찾아왔다.

나무꾼은 아이들이 잘 자고 있다고 생각하고 자정 미사에 참석하러 갔다. 하지만 아이들은 나무꾼이 나가자마자 일어났다. 아이들은 나무꾼을 위해서 크리스마스 전날 먹을 만찬을 준비하려고 했고, 나무꾼이 돌아와서 놀랄 모습을 생각하면서 기뻐했다.

나무꾼의 딸이 밤을 굽고 식탁 위에 꿀단지와 능금주 단지를 올리는 동안, 장 아저씨는 큰 장작으로 불을 지폈다.

시간이 흘렀다. 밤은 익었고 나무꾼은 늦도록 돌아오지 않았다. 아이들은 불 앞 바닥에 앉아서 몸을 녹이다가 서로 기대어 잠이 들었다.

장 아저씨는 여자아이의 비명에 잠이 깼다. 처음에는 여자아이가 불꽃 앞으로 왜 팔을 그렇게 높이 들어 올렸는지 이해하지 못했다.

그녀가 집 밖으로 뛰어나갔고, 그는 그녀에게 불이 붙은 것을 봤다.

그녀는 이미 정원 문을 열고 나가서 주변 나무를 밝히면서 뛰었다.

장 아저씨는 그녀를 붙잡아서 샘물로 던졌다.

불은 곧 꺼졌지만 샘물에서 그녀를 꺼내려고 했을 때 너무 무거워서 그는 그녀가 죽었다고 생각했다. 그녀는 전혀 움직이지 않았고, 샘물에서 꺼내는 데 시간이 오래 걸렸다. 그는 그녀를 나뭇단처럼 끌어서 집으로 데려왔다.

통나무들은 붉은 숯으로 변해 있었다. 젖어 있던 가장 큰 통나무에서만 연기가 나고 지글거리고 있었다.

여자아이의 얼굴은 검붉은색으로 엄청나게 부풀어 올랐고, 반쯤 드러난 몸에는 붉은 얼룩들이 크게 나 있었다.

그녀는 오랫동안 아팠다. 그리고 마침내 다 나았을 때는 말을 못 하게 되었다.

그녀는 다른 사람들의 말을 듣는 데 문제가 없었고 다른 사람들처럼 웃을 수도 있었다. 하지만 말은 한 마디도 하지 못했다.

장 아저씨가 이 이야기를 하는 동안, 아주머니는 책을 읽는 것처럼 눈을 움직이며 그를 바라봤다.

그녀의 얼굴에는 큰 화상 자국이 있었지만 우리는 금세 그 얼굴에 익숙해졌고 나중에는 그녀의 얼굴에서 하얀 치아가 보이는 입과 약간 걱정스러워하는 눈빛만 눈에 들어왔다. 그녀가 아이들을 부를 때면 길게 큰 소리를 냈다. 그러면 아이들은 달려왔고 그녀의 모든 몸짓을 이해했다.

나는 그들이 언덕 위의 집을 떠나야 한다는 게 아쉬웠다.

그들은 내게 남은 유일한 친구였기 때문에, 알퐁스 씨가 그들을 계속 고용할 수 있게 해달라고 알퐁스 부인에게 부탁해봐야겠다는 생각이 들었다.

나는 어느 날 티랑드 씨와 알퐁스 씨가 농장에 어떤 변화를 줄지에 대해 이야기하며 리넨실로 들어오는 것을 봤다.

알퐁스 씨는 가축을 원치 않았다. 그는 농기계를 사고 전나무를 베어 언덕을 개간하는 계획을 이야기했다. 가축우리는 기계 창고로, 언덕 위의 집은 건초 창고로 바꾸려고 했다.

나는 알퐁스 부인이 이 말을 들었는지 알 수 없었다. 그녀는 아주 집중해서 레이스를 뜨고 있었다.

두 사람이 나가자마자 나는 용기를 내서 장 아저씨에 관해 말했다.

나는 그가 실뱅 아저씨 밑에서 일을 얼마나 잘했었는지 설명했다. 그리고 그가 아주 오랫동안 살아온 집을 떠나게 되면 정말 슬플 것이라고 말했다. 어떤 대답이 나올지 아주 걱정하면서 말을 끝내자 알퐁스 부인이 코바늘에서 실을 빼며 말했다.

"코 하나를 빠뜨린 것 같네."

그녀는 숫자를 열아홉까지 세고 덧붙였다.

"지루하네. 한 줄을 다 풀어야겠어."

내가 이 이야기를 장 아저씨에게 전하자 아저씨는 화가 나서 빌비에유 농장 쪽으로 주먹을 쥐었다. 아주머니가 그를 바라보면서 어깨에 손을 올렸다. 그러자 장 아저씨는 곧바로 진정했다.

장 아저씨는 1월 말에 언덕 위의 집을 떠났고, 나는 큰 슬픔에 빠졌다.

이제 나는 친구가 아무도 없었다.

농장은 알아보지 못할 정도로 변해버렸다. 모든 사람들은 농장에서 편해 보였고, 오히려 내가 새로 온 사람 같았다. 하녀는 나를 의심스럽게 쳐다봤고, 일꾼들은 나와 이야기하려고 하지 않았다.

하녀의 이름은 아델이었다. 매일 그녀가 투덜대는 소리와 나막신을 끄는 소리가 들렸다. 그녀는 짚 위에서도 시끄럽게 걸었다. 식탁에서는 서서 먹었고, 알퐁스 부부가 쳐다봐도 예의 없게 대답했다.

알퐁스 씨는 문가에 있던 벤치를 치워버리고 그 자리에 소관목을 심고 격자 울타리를 둘렀다.

여름 저녁이면 올빼미가 와서 울던 오래된 느릅나무도 잘라버렸다.

그 오래된 느릅나무의 그늘은 이미 오래전부터 문지방까지 닿지 않았다. 나무 꼭대기에만 잎이 모여 있어서, 그 모습이 고개를 숙여 아래에서 무슨 말을 하는지 들으려는 것 같았다.

느릅나무를 베러 온 나무꾼들은 일이 쉽지 않을 거라고 말했다. 그리고 느릅나무는 쓰러지면서 집 지붕을 부술 뻔했다.

나무꾼들은 느릅나무 주위를 돌며 오랫동안 의논한 끝에 큰 밧줄로 묶어서 나무를 기울인 후에 퇴비 더미 위로 쓰러뜨리기로 했다.

두 명이 붙어서 온종일 느릅나무를 쓰러뜨렸다. 이제 편히 자러 갈 수 있겠구나 하고 생각한 순간, 밧줄 하나가 풀렸고 느릅나무는 바로 섰다가 옆으로 쓰러졌다. 느릅나무가 지붕 위로 미끄러지면서 굴뚝과 기와를 쓸어버렸고 벽 표면도 벗긴 후에야 문 옆으로 쓰러졌다. 나뭇가지 가운데 어느 것도 퇴비 쪽으로는 가지도 않았다.

알퐁스 씨는 참지 못하고 소리를 지르며 화를 냈다. 그는 나무꾼의 도끼로 나무를 있는 힘껏 내리쳤는데 그 바람에 나무 껍질이 리넨실 안으로 튀면서 타일을 깨뜨렸다.

알퐁스 부인은 타일 파편이 내 쪽으로 튀는 것을 보고는, 그렇게 빨리 움직일 수 있는지도 몰랐던 속도로 일어서서 손을 떨면서 걱정스러운 눈으로 내가 수놓고 있던 식탁보의 네 귀퉁이를 샅샅이 살폈다.

하지만 그녀는 내가 파편에 벤 뺨의 상처를 손수건으로 닦고 있는 것은 보지 못했다.

그녀는 이제 쌓이기 시작한 리넨 더미에 불행한 일이 생길까 봐 두려워했고, 다음 날 나를 그녀의 어머니 집으로 데리고 가서 수납장을 어떻게 정리해야 하는지 보게 했다.

알퐁스 부인의 어머니는 데루아 부인이라고 했다. 하지만 일꾼들은 그녀 이야기를 할 때면 항상 '성의 부르주아 부인'이라고 불렀다.

그녀는 빌비에유 농장에 딱 한 번밖에 오지 않았다.

그녀는 내게 다가오더니 바싹 붙어서 눈을 깜박이면서 나를 살폈다. 그녀는 키가 컸지만 땅에 떨어진 걸 찾는 것처럼 등을 구부린 채 걸었다. 그녀는 구에 페르뒤 대영지에서 살았다.

알퐁스 부인은 시냇가를 따라 오솔길로 갔다.

3월 말이었고 들판은 이미 꽃으로 온통 뒤덮여 있었다.

알퐁스 부인은 오솔길을 죽 따라 걸었다. 하지만 나는 부드러운 풀을 밟는 게 좋았다.

우리는 어느덧 예전에 늑대가 내게서 새끼 양 한 마리를 물어갔던 그 큰 숲 근처에 다다랐다.

여전히 이 숲이 이상하게도 두려웠기 때문에 시냇물 옆 오솔길을 벗어나서 숲을 가로지르는 길에 들어섰을 때는 정말 무서웠다.

하지만 길은 넓었다. 바퀴 자국이 깊은 것을 보니 마차가 자주 지나다니는 모양이었다.

머리 위로 전나무의 날카로운 잎들이 서로 부딪히면서 사각거리는 소리를 냈다. 부드럽고 가벼운 소리였고, 나무에 눈이 쌓였을 때 들리는 끊어질 듯 말 듯한 둔탁한 속삭임과는 전혀 달랐다. 그런데도 나는 뒤돌아보지 않을 수 없었다.

숲속에서 오래 걷지 않아 왼쪽으로 난 길이 보였고, 우리는 곧 구에 페르뒤 영지에 도착했다.

빌비에유 농장처럼 작은 강이 가축우리 뒤쪽으로 흘렀다. 하지만 이곳의 들판은 무척 좁았고, 건물들은 전나무 숲속으로 숨고 싶어 하는 것처럼 보였다.

주택은 주변 농장과 달랐다. 1층은 아주 두껍고 오래된 벽으로 만들어졌고, 2층은 임시로 그 위에 올려놓은 것 같았다.

집은 성처럼 보이지 않았고, 오히려 엉뚱한 곳에서 새싹이 난 오래된 나무 그루터기를 생각나게 했다.

우리가 오는 소리를 듣고 데루아 부인이 문가에 나타났다.

그녀는 눈을 깜박이면서 나를 바라봤다. 그녀는 큰 목소리로 짚 더미에서 동전을 하나 잃어버렸는데, 놀랍게도 여드레 전부터 아무도 그 동전을 찾지 못했다고 했다. 그 이야기를 하면서 그녀는 문 앞에 낮게 쌓인 짚 더미를 발로 건드렸다.

알퐁스 부인은 그 말을 못 들은 게 틀림없었다. 그녀는 집 안쪽에 시선을 고정한 채 우리가 왜 왔는지 열심히 설명했다.

데루아 부인이 나를 리넨실로 데려가겠다고 했다. 그녀는 수납장에 열쇠를 넣고 내게 아무것도 만지지 말고 조심하라고 당부한 뒤에야 나를 혼자 두고 나갔다.

나는 윤이 나는 커다란 수납장을 빨리 열었다가 닫았다.

나는 곧바로 나갔어야 했다. 이 큰 리넨실이 감옥처럼 무서웠다. 발소리가 타일 위에서 울렸는데, 꼭 그 아래에 깊은 지하실이 있는 것 같았다. 나는 갑자기 이 리넨실에서 절대로 나가지 못할 것 같다는 생각이 들었다.

나는 가축들 소리가 나는지 귀를 기울였지만 데루아 부인의 목소리만 들렸다. 그녀의 크고 쉰 목소리가 벽을 타고 사방으로 뚫고 들어왔다.

나는 혼자라는 느낌을 덜기 위해서 창문 쪽으로 갔는데, 그때 있는지도 몰랐던 문이 갑자기 내 뒤에서 열렸다. 고개를 돌렸더니 하얗고 긴 작업복을 입고 회색 모자를 쓴 남자가 들어오는 게 보였다.

그는 누가 안에 있는 것을 보고 놀란 듯 걸음을 멈췄고, 나는 그에게서 눈을 돌릴 수가 없어서 그를 계속 바라봤다.

그는 내게서 눈을 떼지 않은 채 리넨실을 가로질렀고 문의 나무 패널에 부딪힌 후에 멀어졌다. 1분 후에 그는 창문 앞을 지나갔고 우리는 다시 눈이 마주쳤다.

나는 이유도 모른 채 불편해졌고, 그가 열어놓고 나간 문을 닫으러 갔다.

잠시 후에 알퐁스 부인이 나를 찾으러 왔고, 나는 그녀와 함께 빌비에유로 돌아갔다.

알퐁스 씨가 폴린 아주머니의 자리를 차지한 이후에 나는 농장에서 조금 떨어진 수풀 한가운데에 있는 의자 모양처럼 생긴 호랑가시나무에 앉으러 가는 게 습관이 되었다.

봄이 왔고, 일꾼들이 마구간 입구에서 담배를 피우는 시간에 나는 호랑가시나무 쪽으로 갔다.

나는 저녁을 준비하는 소리가 들릴 때까지 오랫동안 그곳에 머물렀는데, 나무를 닮고 싶다는 강한 욕망이 밀려왔다.

그날 저녁 구에 페르뒤 영지에서 봤던 남자 생각이 났다. 그의 눈동자 색이 어땠는지 곰곰이 생각할 때마다, 그의 눈이 내 눈 속으로 깊이 들어와서 나를 환하게 밝히는 것 같았다.

다음 일요일은 부활절이었다. 하녀 아델은 알퐁스 씨의 마차를 타고 미사에 참석하러 갔다. 나는 농장을 지키는 일꾼 한 명과 남았다. 점심 식사를 한 후 일꾼은 문 앞에 있는 짚 더미 위에서 잠을 잤고, 나는 항상 가던 수풀로 숨으러 갔다.

나는 종소리를 들으려고 노력했다. 하지만 농장은 마을에서 너무 멀었고 어떤 소리도 내가 있는 곳까지 들리지 않았다.

나는 마리에메 수녀님 생각을 했다. 그리고 부활절에 한꺼번에 울리는 도시의 모든 종소리를 들을 수 있도록 매년 나를 깨우러 오던 같은 반 친구 소피를 생각했다.

어느 해에 소피는 일어나지 못했다. 너무 아쉬웠던 그녀는 다음 해에 입안에 큰 자갈을 물어서 잠이 들지 않도록 했다. 잠이 들려고 할 때마다 자갈을 깨물게 돼서 그녀는 바로 잠에서 깰 수 있었다.

또 콜레트가 큰 소리로 노래를 불렀던 대미사를 생각했다. 시끌벅적하던 잔디밭 모습과 마리에메 수녀님이 축제 때 만찬을 준비하면서 분주하게 움직이던 모습을 생각했다.

저녁이 되면 마리에메 수녀님의 섬세하고 상냥한 얼굴 대신에 알퐁스 부인의 불쾌한 얼굴과 날 겁나게 하는 알퐁스 씨의 번들거리는 눈을 보게 될 것이다. 오랫동안 이 농장에 있어야 한다고 생각하니 아주 실망스러웠다.

울다 지쳤을 때 나는 해가 많이 졌다는 사실을 알고 놀랐다. 수풀의 가지 사이로 미루나무의 길고 가는 그림자가 들판 위로 드리워져 있는 게 보였다. 그리고 내 가까이에서 큰 그림자가 움직이고 있는 게 보였다. 그 그림자는 앞으로 움직였다가 멈추고 다시 앞으로 움직였다.

나는 곧바로 누군가가 내가 숨어 있는 장소 앞을 지나가려고 한다는 사실을 깨달았고, 그와 거의 동시에 하얀 작업복의 그 남자가 나뭇가지를 피해서 몸을 숙인 채 수풀 안으로 들어왔다.

나는 온몸에 한기를 느꼈다.

곧 안정을 되찾았지만, 몸은 여전히 계속 떨렸고 그 떨림을 감출 수 없었다.

그는 아무 말도 하지 않고 내 앞에 서 있었다.

나는 다정함이 깃든 그의 눈을 바라봤다. 그러자 온몸에 다시 온기가 도는 게 느껴졌다.

나는 그가 유젠 아저씨처럼 칼라 셔츠를 입고 넥타이를 맸다는 것을 알아차렸다. 그가 말을 했을 때, 그 목소리를 오래전부터 알았던 것 같은 느낌이 들었다.

그는 내 앞의 두꺼운 가지에 등을 기대고 내게 부모님이 돌아가셨는지 물었다.

나는 그렇다고 대답했다.

그가 새싹으로 덮인 가지를 손가락 사이로 훑더니 나를 보지 않은 채 말했다.

"그러면 이 세상에서 혼자인가요?"

나는 급하게 말했다.

"오, 아니요. 제겐 마리에메 수녀님이 있어요."

나는 그에게 질문할 시간도 주지 않은 채 내가 수녀님을 얼마나 사랑하는지, 다시 만날 날을 얼마나 기다리는지 말했다.

나는 수녀님에 대해 말하는 게 너무 행복해서 말을 멈출 수 없었다.

나는 수녀님이 다른 이들보다 얼마나 아름다운지, 얼마나 똑똑한지 말했다.

그리고 내가 떠나던 날 수녀님이 얼마나 슬퍼했는지 말했고, 내가 다시 보러 가게 되면 수녀님이 얼마나 기뻐할지 상상했다.

내가 말하는 동안 그의 눈은 내 얼굴에 고정돼 있었지만, 실제로는 내 얼굴이 아니라 더 먼 곳을 보는 것 같았다.

침묵이 흐르고 그가 다시 물었다.

"여기에 있는 사람들은 아무도 좋아하지 않나요?"

"네, 내가 좋아했던 사람들은 모두 떠났어요." 내가 말했다.

그리고 약간의 원망을 담아 덧붙였다.

"장 르 루즈 아저씨까지 쫓아냈어요."

"그래도 알퐁스 부인은 나쁘지 않잖아요?" 그가 말했다.

나는 그녀가 못되지도, 착하지도 않다고 말했고 그녀를 떠나도 후회하지 않을 것이라고 말했다.

그때 우리는 농장으로 돌아오는 알퐁스 씨의 마차 소리를 들었고, 나는 농장으로 가려고 일어났다.

그는 내가 지나가도록 약간 비켜섰고, 나는 그를 수풀 속에 내버려 둔 채 떠났다.

그날 저녁에 나는 하녀 아델이 기분 좋은 틈을 타서 구에페르뒤에서 일하는 사람들을 아는지 물어봤다. 그녀는 아주 오래 일한 사람들밖에는 모른다고 했다. 왜냐하면 데루아 부인이 남편을 여읜 뒤에 새로 온 일꾼들은 오래 머무르지 않았다고 했다.

왠지 설명할 수는 없었지만 걱정돼서 그 하얀 작업복의 남자에 관해 말할 수 없었다. 그러자 아델이 턱을 움직이며 말을 덧붙였다.

"다행히도 장남이 파리에서 돌아왔지. 일꾼들은 덜 불행할 거야."

다음 날 알퐁스 부인이 레이스를 뜨는 동안 나는 바느질을 하면서 그 하얀 작업복의 남자를 생각했다.

나는 그와 유젠 아저씨를 따로 생각할 수 없었다. 그는 유젠 아저씨처럼 표현했고, 그들은 분위기가 비슷했다.

저녁 즈음에 그가 마구간 앞을 지나는 걸 봤다고 생각했는데, 다음 순간에는 그가 리넨실 문지방에 서 있었다.

그의 눈은 나를 지나쳐서 알퐁스 부인에게 가 닿았다. 그는 고개를 높이 들었고, 그의 입가가 왼쪽으로 약간 휘었다.

알퐁스 부인이 그를 바라보며 느릿느릿 말했다.

"아, 앙리 왔어?"

그녀는 양 볼에 키스를 받았다. 그리고 그녀의 옆자리를 가리켰다. 하지만 그는 식탁 위의 천을 밀면서 약간 떨어진 자리에 앉았다.

아델이 지나가자 알퐁스 부인이 말했다.

"내 남편을 보거든 오빠가 왔다고 말해주세요."

나는 이해하는 데 시간이 좀 걸렸다. 그리고 갑자기 그가 데루아 부인의 장남이라는 사실을 깨달았다.

나는 그렇게 부끄러웠던 적이 없었을 만큼 부끄러워서 얼굴이 아주 붉어졌고, 마리에메 수녀님에 관해 말했던 게 엄청나게 후회되었다.

마치 내가 가지고 있던 가장 아름다운 것을 바람에 날려버린 것 같은 느낌이 들었고, 참으려고 했지만 결국 눈물 두 방울이 흘러서 입가에 맺혔다가 감치기를 하고 있던 얇은 천 위로 떨어졌다.

앙리 데루아는 오랫동안 식탁 모서리에 머물렀다.

내게 와닿는 그의 시선을 느낄 때마다 무거운 추가 나를 누르는 듯해서 고개를 들 수 없었다.

이틀 뒤 나는 수풀에서 그를 다시 봤다.

호랑가시나무에 앉아 있는 그를 보는 순간 다리에 힘이 풀렸다. 그는 그런 내 모습을 봤고 나는 걸음을 멈췄다.

그가 내게 자리를 양보하려고 곧바로 일어났지만 나는 그를 가만히 바라보기만 했다.

그의 눈은 처음 봤던 그때처럼 여전히 부드러웠다. 그는 내가 새로운 이야기를 하기를 기다렸던 것처럼 물었다.

"오늘 저녁은 내게 해줄 말이 없나요?"

머릿속에 떠올랐던 모든 말이 쓸모없는 것 같았고 나는 고개를 저어 '없다'고 말했다. 그가 다시 말했다.

"지난번에는 당신에게 난 친구였죠."

지난번 일이 떠오르자 후회가 커졌고 나는 이렇게 대답했다.

"당신은 알퐁스 부인의 오빠죠."

나는 그를 떠났고 수풀 쪽으로 돌아가지 못했다.

그는 빌비에유 농장에 자주 왔다.

나는 그를 바라보지 않으려고 했지만 그의 목소리를 들으면 항상 마음속 깊은 곳에서부터 불편함을 느꼈다.

장 아저씨가 떠난 뒤로 나는 미사가 끝나면 무얼 해야 할지 몰랐다. 일요일마다 나는 언덕 위의 집 앞을 지나갔다. 가끔 덧문 틈 사이로 안을 들여다보기도 했지만, 나무에 이마를 부딪치면 그 소리가 너무 무서워서 뒷걸음질을 쳤다.

어느 일요일에 문이 잠겨 있지 않은 걸 알아챘다. 손가락으로 걸쇠를 눌렀더니 문이 큰 소리를 내며 열렸다.

나는 문이 그렇게 금방 열릴 줄 몰랐기 때문에 잠시 그 자리에 서서 문을 다시 닫고 그곳을 떠나고 싶다고 생각했다. 문소리가 멈추자 햇빛이 곧바로 사각형 모양으로 집 안 가득 찼고, 나는 문을 열어둔 채로 안으로 들어가기로 했다.

큰 벽난로에는 이제 냄비 걸이도, 높은 장작 받침쇠도 없었다. 방에는 장 아저씨네 아이들이 의자로 쓰던 두꺼운 둥근 나무 조각밖에 없었다. 오랫동안 사용해서 나무껍질은 닳아 떨어졌고, 위는 밀랍을 바른 것처럼 반들거렸다. 다른 방은 완전히 비어 있었다. 바닥에 타일을 깔지 않아서 맨땅에 침대 자국이나 있었다.

뒷문도 잠겨 있지 않아서 나는 정원으로 나갔다.

화단에는 아직 겨울 채소가 몇 가지 있었고 과일나무에는 과일이 열려 있었다.

대부분 너무 오래된 것들이었다. 어떤 것들은 꽃조차 매달고 있기 무거운 것처럼 가지가 휘어 있었다.

정원 아래쪽으로 언덕이 완만하게 펼쳐져서 드넓은 평야까지 이어져 있었다. 평야에는 가축들이 있었고, 그 끝에는 하늘이 평야로 들어오는 것을 막는 울타리처럼 미루나무가 줄지어 있었다.

몇몇 장소를 조금씩 알아볼 수 있었다. 언덕 아래엔 작은 강이 있었다. 강물은 보이지 않았지만 버드나무들이 강가를 따라 줄지어 있었다.

강물은 밤나무 색 지붕의 빌비에유 농장 건물 뒤로 사라졌다가 반대편에서 다시 나타났다. 강물은 가느다란 미루나무 사이로 군데군데 반짝였다. 그리고 구에 페르뒤 영지가 있는 시커 먼 전나무 숲 안으로 사라졌다. 알퐁스 부인과 함께 그녀의 어머니 댁으로 갈 때 걸었던 길이구나…. 호랑가시나무 수풀에 나타났던 그날, 그녀의 오빠도 같은 길로 왔을 것이다.

오늘은 오솔길에 아무도 없었다. 모든 것이 연둣빛이었고, 나무 사이를 아무리 살펴봐도 작업복은 보이지 않았다.

수풀도 찾아봤지만 농가 지붕에 가려서 보이지 않았다.

앙리 데루아는 부활절 이후로 농장에 여러 번 왔다. 나는 내가 그 사실을 어떻게 아는지 설명할 수 없었다. 하지만 그런 날이면 그 주위를 한 바퀴 돌아보지 않을 수 없었다.

어제 내가 혼자 있을 때 앙리 데루아가 리넨실로 들어왔다. 그는 내게 말을 하려는 것처럼 보였다.

그 즉시 나는 처음 그랬던 것처럼 그를 바라봤고, 그는 아무 말 없이 떠났다.

그리고 지금 주변에 온통 금작화가 만발한, 울타리도 없는 정원에 있으니 여기서 계속 살고 싶다는 생각이 들었다.

큰 사과나무가 내 옆으로 가지를 뻗고 있었는데 가지 끝이 샘물 속에 빠져 있었다.

나무의 패인 밑동에서 샘물이 솟아나고 있었고, 화단까지 연결된 배수관에서는 물이 졸졸 흐르고 있었다.

꽃이 가득하고 맑은 물이 흐르는 이 정원은 지구상에서 가장 아름다운 정원 같았다. 햇빛 아래 활짝 열린 집 쪽으로 고개를 돌렸을 때 나는 여전히 그가 아름다운 것들 사이에서 모습을 드러내기를 바라고 있었다.

이 낮고 무채색인 집은 신비로움으로 가득한 것처럼 보였다. 갑자기 뭔가 움직이는 소리가 작게 났고, 그 순간 앙리 데루아가 빌비에유 농장의 문턱을 밟았을 때 났던 소리를 들은 것 같았다.

나는 그가 오기를 기다렸던 것처럼 귀를 기울였다. 하지만 발소리는 다시 나지 않았고, 나는 곧 금작화와 나무들이 온갖 신비로운 소리를 낸다는 것을 알아챘다.

나는 내가 바람이 마음대로 옮길 수 있는 어린나무라고 상상했다. 금작화를 흔드는 신선한 바람이 내 머리 위를 지나서 머리카락을 엉클어뜨렸다. 나는 사과나무처럼 팔을 늘어뜨리고 손가락을 맑은 샘물에 담갔다.

다시 소리가 나서 집 쪽을 바라봤고, 문틀에서 앙리 데루아가 보였지만 전혀 놀라지 않았다.

그는 머리에 아무것도 쓰지 않았고 팔을 흔들고 있었다.

그가 정원 안으로 두 걸음 들어와서 저 멀리 평야를 바라봤다.

머리카락을 옆으로 넘겼는데, 이마가 관자놀이 쪽으로 아주 길게 뻗어 있었다.

그는 오랫동안 전혀 움직이지 않다가 갑자기 나에게로 몸을 돌렸다.

우리 사이에는 겨우 나무 두 그루만이 있었다. 그가 한 발 더 다가와서 앞에 있던 아주 어린 나무를 손으로 잡았고, 꽃이 만발한 가지들은 그의 머리 위에서 꽃다발처럼 보였다. 빛이 아주 환해져서 나무껍질에서 빛이 나고 꽃도 하나하나 빛이 났다. 앙리 데루아의 눈길은 아주 부드러워서 나는 아무런 부끄러움도 느끼지 않은 채 그에게 다가갔다.

그는 움직이지 않았지만, 내가 그의 앞에서 멈추자 그의 얼굴은 그가 입은 옷보다 더 하얗게 변했고 입술은 떨렸다.

그는 내 두 손을 잡고 그의 관자놀이에 가져가서 꼭 누른 채 아주 낮은 목소리로 말했다.

"자신의 보물을 되찾은 구두쇠 같은 기분이 드네요."

바로 그 순간 생트 몽타뉴의 성당에서 종이 울리기 시작했다. 종소리는 언덕을 타고 올라와서 한순간 우리 위에 머물다가 더 높은 곳으로 사라졌다.

날이 저물고 들판에 있던 가축들도 하나둘 사라졌다. 작은 강에서 물안개가 피어올라 왔다. 해는 미루나무 장벽 뒤로 사라졌고, 금작화의 색이 점점 어두워지기 시작했다.

앙리 데루아는 농장으로 가는 길로 나를 데려갔다. 그는 좁은 오솔길에서 내 앞에서 걸었다. 그가 밤나무길로 들어서기 전에 돌아가자, 나는 마리에메 수녀님보다 그를 더 사랑한다고 느꼈다.

언덕 위의 집은 우리의 집이 되었다. 일요일마다 나는 그곳에서 앙리 데루아를 만났고, 장 아저씨가 있었던 때처럼 축성받은 빵을 가지고 가서 웃으면서 나눠 먹었다.

우리는 터무니없을 정도의 자유로움에 취해서 정원 주변을 뛰어다녔고 흐르는 샘물에 구두를 젖게 만들기도 했다.

그는 “일요일마다 나도 열일곱 살이 된 기분이야!”라고 말했다.

우리는 가끔 언덕 주변 숲속에서 오랫동안 산책했다.

앙리 데루아는 내 어린 시절과 마리에메 수녀님의 이야기를 지치지도 않고 들어주었다. 그도 유젠 아저씨를 알고 있어서 그 이야기도 했다. 그는 유젠 아저씨가 사람들이 친구로 삼고 싶어 하는 사람이었다고 말했다.

나는 그에게 내가 얼마나 형편없는 양치기였는지 말했다. 그가 나를 놀릴 것이라고 생각하면서도 독사가 물어서 머리가 부풀어 올랐던 양 이야기를 했다. 그는 나를 놀리지 않았고, 단지 내 이마에 손가락을 얹으며 말했다.

"나으려면 사랑을 엄청나게 쏟아야겠군."

어느 날 우리는 끝이 보이지 않는 드넓은 밀밭 근처에서 멈췄다. 수천 마리의 하얀 나비가 이삭 위로 날아다녔다. 앙리 데루아는 말을 하지 않았고, 나는 도망가려고 도약하려는 것처럼 이삭들이 휘었다가 바로 서는 모습을 바라봤다. 나비들이 이삭을 도와주기 위해 날개를 빌려주려고 하는 듯 보였지만, 이삭은 아무리 흔들려도 땅을 떠날 수 없었다.

나는 오랫동안 밀밭을 바라보고 있는 앙리 데루아에게 이 이야기를 했다. 그러자 그는 혼잣말하듯이 느릿느릿 말했다.

"그건 사람에게도 마찬가지예요. 가끔 달콤한 누군가가 그 사람의 인생에 찾아오죠. 그 손님은 평야에 있는 하얀 나비와 같아요. 사람은 그 손님이 땅에서 올라오는지 아니면 하늘에서 내려오는지 몰라요. 사람은 지나가는 바람과 꽃에서 난 꿀로 그와 함께 살 수 있을 거라고 생각하죠. 하지만 이삭이 땅에 뿌리박혀 있는 것처럼 알 수 없는 관계가 그를 땅만큼이나 단단한 의무에 묶어두죠.”

그의 목소리에서 고통이 느껴졌고 그의 입술은 더 일그러졌다. 하지만 거의 그 순간 그의 눈이 내게 닿았고 그는 좀 더 단호한 목소리로 말했다.

“우리 자신을 믿어보죠!”

여름이 지나고 가을이 왔다. 12월의 나쁜 날씨에도 불구하고 우리는 언덕 위의 집을 떠나는 결정을 내리지 못했다.

앙리 데루아는 책을 가져왔고 우리는 정원이 보이는 방에서 둥근 나무 조각 위에 앉아 책을 읽었다. 나는 밤이 되면 농장으로 돌아왔고, 내가 마을에서 춤을 추느라 늦게 들어왔다고 믿고 있던 아델은 내 슬픈 표정을 보고 항상 놀랐다.

앙리 데루아는 거의 매일 빌비에유에 왔다. 나는 멀리서 그가 오는 소리를 들었다. 그는 고삐도 안장도 없이 하얗고 큰 암말을 타고 왔는데, 그 말은 그를 태우고 경작지와 오솔길로 천천히 걸었다. 참을성 많고 순한 말이었다. 그 주인은 농장 안으로 들어와서 알퐁스 부인에게 인사하는 동안 말을 마당에 자유롭게 풀어놓았다. 알퐁스 씨는 그 소리를 듣자마자 리넨실로 들어왔다.

두 사람은 땅이나 그들이 알고 있는 사람들이 어떻게 나아질까에 관해 이야기했다. 대화 중간중간에 항상 앙리 데루아의 생각이 보이는 듯한 단어나 표현들이 있었다.

가끔 알퐁스 씨가 날 바라보는 게 느껴졌고, 나도 모르게 얼굴이 붉어졌다.

어느 날 오후 앙리 데루아가 미소를 지으며 들어오자, 알퐁스 씨가 그에게 소리를 질렀다.

"내가 언덕 위의 집을 판 거 알잖소."

두 남자는 서로 바라봤다. 둘 다 얼굴이 너무 창백해서 나는 그들이 그 자리에서 죽을까 봐 무서웠다. 그리고 알퐁스 씨가 의자에서 일어나서 벽난로에 기댔고, 앙리 데루아는 문을 밀었지만 닫지는 못했다.

알퐁스 부인은 무릎 위에 레이스를 올리고는 성서 구절을 반복해서 읽는 것처럼 말했다.

"그 집은 아무 쓸모도 없어. 그 집이 팔려서 정말 다행이야."

앙리 데루아는 식탁에 앉았는데 내 곁에 너무 가까이 앉아서 나에게 닿을 정도였다. 그는 꽤 단호한 목소리로 말했다.

"매부가 나에게 아무런 말도 없이 그 집을 팔아서 유감입니다. 내가 살 마음이 있었는데요."

알퐁스 씨가 지렁이처럼 꿈틀거렸다. 그는 크게 웃는 척했고 웃다가 말했다.

"산다, 산다라… 그걸로 뭘 하려고 했는데요?"

앙리 데루아는 내가 앉은 의자 등받이에 손을 올리고 대답했다.

"장 르 루즈처럼 거기에 살려고 했습니다."

알퐁스 씨는 벽난로 앞을 왔다 갔다 하기 시작했다. 그의 얼굴은 흙색이었다. 그는 바지 주머니에 손을 넣은 채 걸었는데, 발이 너무 빨리 올라와서 마리오네트를 조종하는 끈으로 발을 들어 올리는 것 같았다.

그리고 그는 우리 맞은편 탁자에 기대서서 번들거리는 눈으로 우리를 한 명씩 바라보더니 몸을 앞으로 내밀며 말했다.

"아, 좋아요! 내가 그 집을 팔았으니 이제 모든 게 끝났소!"

침묵이 이어졌고, 마당에 있던 하얀 암말이 주인을 부르는 듯이 발굽으로 문턱을 차는 소리가 들렸다.

앙리 데루아는 문 쪽으로 갔다. 그러다 다시 내 근처로 와서 내가 알지도 못하는 사이에 내 손에서 미끄러진 천 조각을 모아주었다.

그는 여동생 볼에 키스했고, 떠나기 전에 나를 바라보며 말했다.

"내일 봐요!"

다음 날 아침에 리넨실에 들어온 건 데루아 부인이었다. 그녀는 모욕적인 말을 퍼부으며 내게 곧장 다가왔다.

하지만 알퐁스 씨는 딱딱한 몸짓으로 그녀의 입을 다물게 했다. 그리고 부드러운 목소리로 나에게 말했다.

"알퐁스 부인은 당신을 계속 데리고 있고 싶다고 당신에게 말해달라고 했어요. 그녀는 앞으로 당신이 우리와 함께 미사에 참석하기만을 바랍니다."

그는 미소를 지으려고 하면서 덧붙였다.

"당신은 마차를 타고 갈 거예요."

그가 내게 직접 말한 건 그게 처음이었다. 그의 목소리는 내게 그 말을 하는 게 불편하다는 걸 증명이나 하듯이 분명하지 않았다.

나는 알퐁스 부인이 이 모든 것에 관해 사실은 아무 말도 하지 않았으며, 그가 거짓말을 하고 있다고 생각했다. 왜 그런 생각을 했는지는 알 수 없었다. 그 순간 그가 정말 원장 수녀님처럼 보였고, 나는 그에게 맞서지 않을 수 없었다.

나는 마차로 가기 싫고, 계속 생트 몽타뉴에 갈 것이라고 대답했다.

그가 아랫입술을 입안으로 넣어서 씹기 시작했다.

그 직후 데루아 부인이 내게 건방지다고 말하며 위협하듯이 다가왔다. 그녀는 다른 단어를 찾지 못한 것처럼 건방지다는 단어를 계속 반복해서 말했다.

그녀는 점점 더 큰 소리로 그 단어를 말했고, 곧 완전히 이성을 잃었다. 눈 흰자위가 새빨갛게 변해서 나를 때리려고 손을 들었다.

나는 앉아 있던 의자 뒤로 재빨리 물러섰다. 데루아 부인의 발이 의자에 걸려서 의자가 넘어졌고, 그녀는 넘어지지 않으려고 탁자를 잡아야 했다.

그녀가 쉰 목소리로 소리를 지르자 무서웠다.

나는 리넨실에서 나가고 싶었다. 하지만 알퐁스 씨가 문을 지키는 것처럼 문 앞에 서 있어서 나는 데루아 부인과 마주 보는 탁자 반대편으로 돌아갔다.

그녀는 이제 목이 졸린 듯한 목소리로 말했다. 그녀는 의미를 알 수 없는 단어를 뱉었다. 나는 그저 그녀가 말할 때 나는 냄새가 참기 힘들다고만 생각했다. 데루아 부인이 힘껏 소리를 지른 후 멈췄다.

"내가 그 애 엄마야, 알겠어?"

알퐁스 씨가 내게 다시 다가와서 내 팔을 잡고 말했다.

"자, 내 말을 들어요!"

나는 그를 밀쳐서 그의 손에서 벗어났고 집 밖으로 뛰어나갔다.

데루아 부인의 마지막 말이 날카로운 망치처럼 내 머릿속으로 들어왔다.

"내가 그 애 엄마야, 알겠어?"

아! 마리에메 수녀님! 저기 다른 어머니와 비교했을 때 당신은 얼마나 아름다웠었는지, 그리고 그때 내가 당신을 얼마나 사랑했는지! 당신의 눈은 여러 색으로 빛났고 당신의 검은 수녀복을 비추었는지, 그리고 하얀 베일 속 당신의 얼굴은 얼마나 순수했던지! 정말로 내 눈앞에 있는 것처럼 수녀님이 보이네요.

정신을 차려보니 언덕 위의 집 앞이어서 깜짝 놀랐다. 눈보라가 치고 있었다. 나는 눈을 피하려고 집 안으로 들어가서 곧장 정원이 보이는 방으로 들어갔다.

생각을 정리해보려고 했다. 하지만 눈송이가 땅에서 올라오고 그와 동시에 하늘에서도 떨어지는 것처럼 머릿속에서 생각들이 소용돌이쳤다. 생각을 해보려고 할 때마다 어린 여자아이들이 즐겁게 원무를 추면서 부르는 노래 구절이 떠올랐다.

노파를 심하게 뛰어오르게 했지

노파는 깡충깡충 뛰다가 죽었지

찌르찌르 찌르르르

노파여 뛰자, 뛰자!

집이 조용했다.

눈이 그쳤고, 나무들은 꽃이 피었을 때만큼이나 예뻐 보였다. 그때 갑자기 조금 전에 어떤 일이 있었는지 생각나 버렸다.

손가락이 각진 데루아 부인의 손이 생각났다. 온몸이 떨렸다. 손이 어찌나 추하던지, 그리고 키가 얼마나 크던지!

내 팔을 잡았을 때 알퐁스 씨의 시선은 어땠던가. 그 생각을 하자 갑자기 어린 소녀에게서 그런 시선을 본 적이 있다는 사실이 떠올랐다.

땅에 떨어진 과일을 훔친 날이었다. 그녀가 내게 달려들어 말했다.

"나한테 반 줘. 그러면 말 안 할게."

나는 그녀에게 나눠주기 정말 싫었고 마리에메 수녀님이 볼지도 몰라서 과일을 나무 아래에 가져다 놨다.

이런 생각을 하다 보니 마리에메 수녀님을 보고 싶은 마음이 강렬해졌다. 나는 당장 떠나고 싶었다. 하지만 동시에 앙리 데루아가 전날 떠나면서 내게 "내일 봐요!"라고 말했던 것도 생각났다.

그는 벌써 농장에 도착해서 나를 기다리면서 내게 무슨 일이 생겼을까 걱정하고 있을 터였다.

나는 언덕 위의 집에서 나와서 빌비에유로 뛰어갔다.

채 몇 걸음을 떼기도 전에 길에서 그가 오는 게 보였다.

그의 하얀 암말이 눈이 쌓인 길을 힘들게 올라오고 있었다.

앙리 데루아는 여기 처음 왔던 때처럼 머리에 아무것도 쓰고 있지 않았다. 작업복은 바람에 부풀어 올랐고, 그는 말갈기를 잡고 있었다.

말이 내 앞에 섰다.

앙리 데루아는 몸을 구부려서 내가 내민 두 손을 잡았다.

내가 이제껏 보지 못했던 고통스러운 얼굴이었다. 그리고 그의 눈썹이 데루아 부인의 눈썹처럼 붙어 있다는 걸 깨달았다. 그가 숨을 약간 헐떡거리며 말했다.

"여기 있을 줄 알았어요."

그가 다시 입을 열자, 나는 그가 날 기쁘게 해줄 말을 하리라고 확신했다.

그는 내 손을 더 꼭 붙잡고 여전히 헐떡거리며 말했다.

"날 미워하지 말아요."

그가 내 눈을 피했다.

"난 이제 더는 당신의 친구가 될 수 없어요."

그 순간 누군가가 내 머리를 세게 치는 것 같았다.

머릿속에서 톱질하는 소리가 크게 들렸다. 나는 오랫동안 앙리 데루아가 떨고 있는 것을 봤고, 그가 이렇게 말하는 소리를 들었다.

"이런, 정말 춥네!"

그때 나는 그의 손에서 더는 온기를 느낄 수 없었다. 그리고 내가 길 위에 혼자 남겨진 것을 깨달았을 때, 내 눈에는 오솔길에 쌓인 눈 위로 소리 없이 미끄러져 가는 희고 잿빛인 덩어리만 보였다.

나는 언덕의 다른 편으로 천천히 내려왔다.

사각거리는 눈을 밟으며 오랫동안 걸었다.

길을 이미 반이나 왔을 때, 농부 한 명이 내게 마차를 타라고 권했다. 그도 도시로 간다고 했고, 나는 금세 고아원 앞에 도착했다.

벨을 누르자 곧 문지기가 와서 문구멍으로 누가 왔는지 살폈다.

나는 그녀를 알아봤다. '벨외이*'가 지금도 여전히 문지기였다.

그녀에게는 크고 흰 눈이 하나밖에 없어서 우리는 그녀를

* '예쁜 눈 하나'라는 뜻

'벨외이'라고 불렀다. 그녀도 나를 알아보고 문을 열어주었다. 그녀는 나를 들여보내고 뒤에서 문을 닫기 전에 말했다.

"마리에메 수녀님은 이제 여기 없어."

나는 대답하지 않았다. 그러자 그녀가 다시 말했다.

"마리에메 수녀님은 이제 여기에 없어."

나는 제대로 들었지만 전혀 신경 쓰지 않았다. 마치 가장 멋지지만 전혀 의미 없는 것들이 내게 온 것 같은 꿈을 꾸는 듯했다.

나는 그녀의 흰 눈을 바라보고 이렇게 말했다.

"다시 올게요."

그녀는 내 뒤로 문을 닫았고 날 차양 아래에서 세워둔 채 원장 수녀님에게 내가 왔다는 걸 알리러 갔다.

그녀가 다시 와서 원장 수녀님이 나를 보기 전에 데지레데장주 수녀님과 이야기하고 싶어 한다고 말했다.

벨이 울리자 그녀는 일어나서 내게 따라오라고 했다.

눈이 다시 내리기 시작했다.

원장 수녀실은 아주 어두컴컴했다.

처음에는 쉭쉭 소리를 내는 난롯불밖에 보지 못했다. 더 가까운 곳에서 소리가 들려서 그쪽을 바라봤다. 원장 수녀님이 말했다.

“그래, 돌아왔다고요?”

원장 수녀님의 말에 다시 생각해봤지만, 내가 돌아온 건지 잘 알 수 없었다. 그녀가 다시 말했다.

“마리에메 수녀는 이제 여기에 없어요.”

나는 계속 악몽을 꾸고 있다고 생각했고, 잠에서 깨기 위해서 헛기침을 했다. 그리고 난롯불을 바라보면서 왜 쉭쉭 소리가 나는지 알아보려고 했다. 원장 수녀님이 다시 말했다.

“아픈 건가요?

나는 대답했다.

“아니요.”

열기 덕분에 기운을 되찾았고, 기분이 조금 나아졌다.

마침내 나는 수녀원으로 돌아왔고, 원장 수녀실에 있다는 걸 깨달았다. 나를 뚫어져라 계속 바라보는 원장 수녀님의 눈을 보자 모든 게 기억났다.

그녀가 비웃으면서 말했다.

“별로 바뀐 게 없군요. 지금 몇 살이죠?”

나는 열여덟 살이라고 대답했다.

“흠, 세상 밖으로 나갔어도 그리 성장하지 않았네요.” 그녀가 말했다.

그녀는 탁자 위에 팔꿈치를 괴고 내게 왜 왔는지 물었다.

나는 마리에메 수녀님을 보러 왔다고 말하고 싶었지만 수녀님이 이곳에 없다는 이야기를 다시 들을까 봐 무서워서 아무 말도 하지 않고 가만히 있었다.

그러자 그녀가 서랍에서 편지를 하나 꺼내서 미끄러뜨리듯이 손에 쥐고는, 방해라고는 거의 받아본 적 없는 사람처럼 지루한 표정으로 말했다.

"이 편지를 보고 이미 당신이 오만하고 대담한 아이라는 걸 알 수 있었죠."

그녀는 피곤한 듯이 편지를 밀어내고는 긴 한숨을 내쉰 후에 다시 말했다.

"다른 자리를 찾을 동안 부엌에서 일하세요."

난롯불은 끊임없이 쉭쉭거렸다. 나는 장작 세 개 가운데 어느 것에서 그 소리가 나는지 여전히 알지 못한 채 계속 난롯불을 바라봤다.

원장 수녀님이 내 주의를 끌기 위해서 단조로운 목소리를 높였다. 그녀는 데지레데장주 수녀가 나를 가까이에서 감시할 것이며, 예전 친구들과 이야기하는 건 금지라고 경고했다.

원장 수녀님이 문을 가리켰고, 나는 눈 속으로 나왔다.

산책로 반대쪽에 부엌이 보였다. 키가 크고 곧은 자세의 데지레데장주 수녀님이 문에서 나를 기다리고 있었다. 수녀님의 베일과 까만 수녀복밖에 보이지 않아서 나는 그녀가 나이가 많고 말랐을 것이라고 생각했다.

도망치고 싶다는 생각이 들었다. 나는 문까지 뛰어갔다. 벨외이에게 난 그저 잠시 들린 것이라고 말해야지. 그녀는 여기서 나가게 해줄 거고, 그러면 다 끝일 거야.

하지만 나는 문으로 가지 않고 내가 어렸을 때 지냈던 건물 쪽으로 방향을 틀었다.

왜 그리로 갔는지 모르겠다. 하지만 나는 거기에 가지 않을 수 없었다. 엄청나게 피곤했고 누워서 오랫동안 자고 싶었다.

오래된 벤치는 여전히 그 자리에 있었다. 그 위에 쌓인 눈을 손으로 치웠다. 그리고 예전에 주임 신부님이 그랬던 것처럼 보리수에 기대앉았다.

나는 무언가를 기다렸지만 그게 무엇인지 알 수 없었다. 나는 마리에메 수녀님이 쓰던 방 창문을 바라봤다.

그 방에는 이제 더는 수놓아진 예쁜 모슬린 커튼이 없었지만, 아무리 그 방이 다른 방과 비슷해도 나는 그 방을 찾을 수 있었다. 그 방에는 광목으로 된 두꺼운 커튼이 달려 있었는데, 그 방에 달린 커튼만 유독 눈을 감은 얼굴처럼 보였다.

밤이 되자 오솔길이 어두워졌고, 방 안에서 불이 켜졌다.

나는 벤치에서 일어나고 싶었다. 벨외이가 문을 열어줄 거라고 생각했다.

하지만 크고 단단한 손이 내 머리 위에 무겁게 얹혀 있는 것 같았고, 몸이 짓눌린 것 같았다. 그리고 아주 큰 소리로 말하는 것처럼 이 말을 계속 되뇌었다. "벨외이가 문을 열어줄 거야."

갑자기 연민에 가득 찬 목소리가 옆에서 들렸다.

"부탁이에요, 마리 클레르. 그렇게 눈 속에 있지 말아요."

나는 고개를 들었다. 내 앞에는 이제껏 본 적 없는 무척이나 아름다운 젊은 수녀님이 서 있었다.

그녀는 몸을 숙여서 내가 일어나는 걸 도와주었다. 내가 일어서는 걸 힘들어하자 그녀는 자신의 팔을 잡게 하고는 말했다.

"내게 기대요."

그녀는 나를 부엌으로 데리고 갔는데, 넓은 문에 달린 유리창 사이로 환한 빛이 보였다.

아무 생각도 들지 않았다. 가늘고 단단한 눈이 내리면서 내 얼굴을 찔렀고 눈꺼풀에 심한 화상을 입은 것 같았다. 부엌으로 들어가니 두 소녀가 크고 네모난 화덕 앞에 서 있었는데, 나는 그들을 알아봤다.

새침데기 베로니크와 뚱뚱보 멜라니였다. 그 아이들에게 그런 별명을 지어주던 마리에메 수녀님의 목소리가 들리는 것 같았다.

내가 지나가자 뚱뚱보 멜라니만 살짝 아는 척을 했고, 나는 젊은 수녀님과 함께 작은 전등이 켜진 방으로 들어갔다.

방 가운데에 크고 하얀 커튼이 처져 있었다.

젊은 수녀님은 커튼 뒤에서 의자 하나를 꺼내 와서 내게 앉으라고 하고는 아무 말도 없이 방에서 나갔다.

잠시 후에 뚱뚱보 멜라니와 새침데기 베로니크가 방으로 들어와서 내 옆에 있던 철제 침대에 깨끗한 침대보를 깔기 시작했다.

침대보를 다 깔고 나자 그때까지 나를 쳐다보지 않던 베로니크가 몸을 돌려 내가 돌아올 줄 몰랐다고 말했다. 그녀는 내가 뭔가 부끄러운 일을 저질렀고 그런 나를 비난하는 것처럼 경멸하는 태도였다.

뚱뚱보 멜라니는 턱 아래에서 두 손을 맞잡고 있었다. 어렸을 때처럼 여전히 고개를 한쪽으로 기울이고 있었다. 그녀는 애정 어린 미소를 지으며 내게 말했다.

"네가 부엌에서 일하게 돼서 무척 기뻐."

그러고는 침대를 살짝 두드렸다.

"이제 넌 내 자리에서 자게 될 거야. 이제까지 내가 이 침대를 썼거든."

그녀는 손가락으로 커튼을 가리키고는 낮은 목소리로 말했다.

"데지레데장주 수녀님 침대는 저기야."

그녀들은 나가면서 문을 닫았고, 나는 철제 침대 쪽으로 갔다.

방 안을 가로지른 큰 하얀색 커튼이 인상 깊었다. 작은 전등이 비추지 못하는 커튼 주름 사이로 그림자가 움직이는 것 같았다.

저녁 식사 종소리에 생각이 흐트러졌다. 나는 익숙한 종소리에 나도 모르게 종소리가 몇 번이나 나는지 세기 시작했다.

다시 적막이 흘렀고, 젊은 수녀님이 방 안으로 들어왔다. 그녀는 김이 나는 수프 한 사발을 가져다주었다.

그녀는 커튼을 걷고는 멜라니와 거의 같은 행동을 하면서 말했다.

"여기가 당신 방이고, 여기가 내 방이에요!"

나는 수녀님의 작은 철제 침대가 내 침대와 비슷한 것을 보고 금방 안심이 되었다. 나는 내 앞에 있는 사람이 데지레데장주 수녀님이라는 생각이 들기 시작했지만, 함부로 속단하지 않고 그녀에게 물어봤다.

그녀는 고개를 끄덕여서 '그렇다'고 했고, 자신의 의자를 내가 앉은 의자에 아주 가까이 끌어와서 불빛에 얼굴을 보여주면서 말했다.

"나를 못 알아보는 것 같네요!"

나는 대답하지 않고 그녀를 바라봤다.

그렇다, 나는 그녀를 알아보지 못했다. 심지어 한 번도 본 적 없는 사람이라고 확신까지 했다. 그녀를 단 한 번이라도 보면 그 얼굴을 잊을 수 없을 것이라고 생각했기 때문이다.

그녀가 웃기게 입을 삐죽거리더니 말했다.

"이 불쌍한 데지레 졸리를 잊은 것 같네요."

데지레 졸리? …아! 생각났다! 수습 수녀였고 얼굴이 장미보다도 더 분홍빛이었으며 가냘프고 잘 웃고 상냥한 소녀였다. 그녀가 우리와 함께 원무를 추면 너무 세게 뛰어서 마리에메 수녀님이 자주 말했다.

"이것 봐요, 졸리 양. 너무 높이 뛰지 말아요. 무릎 보여요."

다시 데지레데장주 수녀님을 봤지만, 아무리 봐도 아주 조금도 비슷한 점을 찾을 수 없었다. 그녀가 말했다.

"맞아요, 수녀복을 입으니 많이 달라 보이죠!"

그녀는 소매를 확 걷고 좀 전과 똑같이 입을 삐죽거리더니 다시 말했다.

"내가 데지레데장주 수녀라는 건 잊고, 예전에 데지레 졸리가 당신을 좋아했던 걸 기억해줘요."

그녀는 힘차게 다시 말했다.

"오! 난 당신을 바로 알아봤어요. 어렸을 때 모습이 그대로 남아 있네요."

데지레데장주 수녀님이라고 해서 나이 들고 못된 수녀님을 상상했었다고 말하니 그녀가 대답했다.

"우린 둘 다 잘못 생각했었네요. 전 당신이 허영심 많고 거만한 여자아이라고 들었거든요. 하지만 그렇게 눈 속에서 울고 있는 걸 봤을 때 당신이 정말 고통스럽구나 생각했고, 당신에게 다가갔죠."

그녀는 내가 침대에 드는 걸 도와준 뒤에 방 한가운데 커튼을 쳤고, 나는 곧 잠들었다.

하지만 잠을 제대로 잘 수 없었다. 나는 자꾸 잠에서 깼다. 가슴 위에는 여전히 큰 돌이 놓여 있었고 겨우 그 돌을 치우자 돌이 여러 조각으로 나뉘더니 다시 내게 떨어져서 내 팔다리를 짓눌렀다.

그다음에는 날카로운 돌들이 가득한 길 위에 있는 꿈을 꿨다. 그 길을 엄청나게 힘들게 걸었다. 길 양쪽에는 밭과 포도밭과 집들이 있었다.

집들은 모두 눈으로 덮여 있었고, 태양이 과일 달린 나무들을 비추고 있었다.

나는 길에서 벗어나서 밭으로 갔고, 나무마다 멈춰 서서 과일을 모두 맛봤지만 전부 써서 던져버렸다.

눈 덮인 집들 안으로 들어가려고 했지만 그 어디에도 문이 없었다. 다시 길로 나왔더니 돌이 주변에 엄청나게 많이 쌓여서 앞으로 나아갈 수가 없었다. 나는 도와달라고 외쳤다. 있는 힘껏 소리를 질러도 아무도 듣지 못했다. 나는 돌무더기에서 파묻혀 죽을 것 같아서 빠져나오려고 애를 쓰다가 잠에서 깼다.

잠시 아직도 꿈꾸고 있다고 생각했다. 방 천장이 너무 높아 보였다. 하얀 커튼이 매달려 있는 봉이 군데군데 빛났고, 벽에 못 박힌 회양목 가지의 그림자가 양팔을 벌린 성모상까지 드리워져 있었다.

그리고 수탉이 울었다. 수탉은 첫 번째 울음소리를 지우려는 듯 연거푸 울었고, 고뇌의 울음처럼 갑자기 뚝 그쳤다.

작은 전등에서 칙칙 소리가 나기 시작했다. 오랫동안 탁탁 소리가 나더니 전등이 꺼졌고 방은 갑자기 완전히 어두워졌다. 데지레데장주 수녀님의 가늘고 규칙적인 숨소리가 들렸다.

날이 밝기 전에 나는 부엌일을 하기 위해 자리에서 일어났다.

멜라니는 거대한 냄비를 어떻게 들어 올리는지 보여주었다.

힘만큼 요령도 필요했다. 그 냄비들을 움직이는 데만도 일주일이 넘게 걸렸다.

무거운 기상종을 울리는 방법을 알려준 것도 멜라니였다. 그녀는 종의 줄을 잡아당기려면 어떻게 허리를 굽혀야 하는지 시범을 보였다. 곧 종이 흔들리면서 규칙적인 소리를 내기 시작했고, 나는 매일 아침 추우나 비가 오나 기쁜 마음으로 기상종을 울렸다.

종에서 나는 깨끗한 소리는 바람에 커지기도 하고 작아지기도 했지만, 나는 그 소리가 전혀 질리지 않았다.

어떤 때는 내가 종을 너무 오랫동안 울려서 데지레데장주 수녀님이 창문을 열고 입을 삐죽거리며 애원했다.

"충분해! 충분하다고!"

내가 부엌에서 일하게 된 뒤 새침데기 베로니크는 내게 말할 때 딴 곳을 바라봤고, 내가 그녀 근처에서 물건의 위치를 물어보면 그냥 몸짓으로만 알려주었다.

데지레데장주 수녀님은 입술 한쪽을 일그러뜨린 채 눈으로 베로니크를 좇았다.

데지레데장주 수녀님은 수습 수녀 시절의 활발함은 잃었지만 여전히 명랑했고 사람들을 놀리기를 좋아했다.

매일 밤 우리는 방으로 돌아와서 서로 얼굴을 봤다. 데지레데장주 수녀님은 그날 낮에 벌어졌던 일들을 재미있게 말해서 날 웃게 했다.

가끔 너무 웃다가 고통스럽게 흐느끼는 경우가 있었다. 그러면 그녀는 성자처럼 두 손을 맞잡고 높을 곳을 올려다보며 말했다.

"오! 당신의 고통이 사라지길 빕니다!"

그다음 그녀는 바닥에 무릎을 꿇고 기도를 했는데, 나는 종종 그녀가 일어서는 것을 보기도 전에 잠들었다.

부엌일은 너무 힘들었다. 나는 멜라니를 도와서 냄비를 닦고 타일을 닦았다.

일은 대부분 멜라니가 했다. 그녀는 남자처럼 힘이 세고 언제든 일할 준비가 되어 있었다. 내가 피곤해 보이면 그녀는 강제로 날 의자에 앉히고는 미소를 띤 채 강압적인 어투로 말했다.

"쉬어."

내가 도착한 첫날부터 그녀는 어렸을 때 교리 교육을 받는 게 얼마나 어려웠는지 이야기했다. 그녀는 한 계절 내내 쉬는 시간 동안 그녀가 교리를 외울 수 있도록 내가 도와주었던 일을 잊지 않고 있었다. 이제 그녀는 잠시라도 날 쉬게 하는 데서 기쁨을 느꼈다.

베로니크는 채소를 다듬고 푸줏간에서 배달 온 고기를 받는 일을 맡고 있었다.

그녀는 뻣뻣하고 불만에 찬 모습으로 푸줏간에서 일하는 소년들이 앉은뱅이저울에 고기를 올려놓는 모습을 옆에서 지키고 서 있었다.

그녀는 고기가 너무 크거나 너무 작게 잘렸다며 푸줏간 직원들과 자주 싸웠다.

푸줏간 직원들이 결국 그녀에게 욕을 했고, 데지레데장주 수녀님은 내게 그녀 대신에 푸줏간 직원들을 상대하라고 했다.

그녀는 그다음 날에도 앉은뱅이저울 옆으로 왔지만, 그곳에서는 데지레데장주 수녀님이 내게 저울을 보는 법을 설명해 주고 있었다.

어느 날 아침 푸줏간에서 온 직원 중 한 명이 내 이름을 말하면서 탄성을 질렀다. 데지레데장주 수녀님이 다가왔고, 나는 놀라서 그를 바라봤다. 새로 온 직원이었는데, 그를 알아보는 데 시간이 오래 걸리지 않았다. 장 르 루즈 아저씨의 첫째 아들이었다. 그는 나를 만난 것을 아주 기뻐하며 다가왔다. 그는 곧 부모님이 구에 페르뒤 성에서 마침내 좋은 자리를 찾았다고 알려주었다. 그는 들일에 관심이 전혀 없어서 도시의 푸줏간에서 일하고 싶었다고 말했다.

그는 재빨리 구에 페르뒤 성이 빌비에유 바로 근처에 있다고 알려주면서 내게 그곳을 아는지 물었다. 나는 그렇다고 고개를 끄덕였다.

그는 부모님이 그곳에 자리를 잡은 지 몇 달 되었고, 지난주에 앙리 데루아의 결혼식이 있어서 아름다운 파티가 열렸다고 말했다.

그 뒤에 단어 몇 개를 더 들었지만 알아들을 수가 없었다. 그리고 부엌을 밝히던 밝은 날이 어두운 밤으로 바뀌었다. 바닥 타일이 무너지고 끝도 없는 구멍 안으로 빨려 들어가는 것 같았다.

데지레데장주 수녀님이 나를 도우러 오는 게 느껴졌지만, 내 가슴팍에는 이미 야수가 달라붙어 있었다. 야수에게서 아주 듣기 고통스러운 소리가 들렸다. 항상 같은 곳에서 멈추는 끔찍한 오열 같았다. 밤이 다시 낮으로 바뀌자, 위에서 데지레데장주 수녀님과 멜라니의 얼굴이 보였다. 둘 다 걱정스러운 얼굴로 미소를 짓고 있었는데, 멜라니의 넓은 얼굴은 데지레데장주 수녀님의 섬세하고 창백한 얼굴과 아주 닮아 있었다.

나는 침대에서 몸을 일으키고는 한낮에 잠들었던 것에 아주 놀랐다. 하지만 나는 일어서지 않았다. 장 아저씨의 첫째 아들이 했던 말이 떠올랐고, 몇 시간 동안 고통을 억누르려고 노력했다.

잠잘 시간이 되자 데지레데장주 수녀님이 방으로 들어와서 내 침대 옆에 앉았다. 그녀는 다시 성자처럼 손을 맞잡고 내게 말했다.

"당신이 겪는 고통을 내게 말해주세요."

나는 그동안 겪은 일을 털어놓았다. 내가 발음하는 단어 하나하나가 내 고통을 가져가는 것 같았다. 내가 모든 이야기를 끝내자, 데지레데장주 수녀님은 《그리스도를 본받아서》를 들고 큰 목소리로 읽기 시작했다.

그녀는 부드럽고 모든 것을 받아들인다는 듯이 책을 읽었고, 탄식을 마치듯이 몇 단어를 작은 소리로 길게 읽었다.

며칠 뒤에 장 아저씨네 첫째 아들을 다시 봤다. 그는 다시 구에 페르뒤에 관해 이야기했고, 부모님이 만족하며 성의 관리인이 잘해준다는 이야기를 했다. 그 이야기를 듣는 동안 꽃이 핀 정원과 샘에서 흐른 시냇물이 금작화에 가려진 작은 강까지 이어지던 언덕 위의 집이 다시 보였다.

나는 데지레데장주 수녀님에게 자주 그 집에 관해 이야기했고, 수녀님은 집중해서 내 이야기를 들어주었다. 그녀는 그 주변과 가장 후미진 곳까지 알게 되었다. 어느 날 저녁 그녀가 생각에 잠겨 있기에 이유를 물었더니 그녀는 먼 곳을 바라보며 대답했다.

“여름이 곧 끝나겠네요. 그 정원의 나무들에 과일이 열렸겠다고 생각했어요.”

9월 동안 많은 수녀님들이 원장 수녀님을 만나러 왔다.

벨외이는 그들에게 종으로 차례를 알렸다. 종을 칠 때마다 베로니크가 나가서 누가 들어갔는지 확인했다. 그녀는 자신이 아는 수녀님을 볼 때마다 불쾌한 말을 했다.

저녁이 되자 다시 한번 종이 울렸다. 베로니크가 문 앞에 있다가 큰 소리로 외쳤다.

“어라? 한 사람만 남아 있네.”

그리고 부엌으로 머리만 쏙 집어넣더니 우리에게 말했다.

“마리에메 수녀님이야.”

그 말에 큰 냄비 숟가락을 놓쳤고 숟가락은 냄비 바닥까지 미끄러졌다.

나는 내가 지나가지 못하게 막는 베로니크를 밀치고 서둘러서 문 쪽으로 갔다.

멜라니가 뒤에서 뛰어와서 나를 붙잡으려고 했다.

"이리 와, 원장 수녀님이 널 보고 있다고."

하지만 나는 이미 마리에메 수녀님에게로 갔다. 나는 마리에메 수녀님에게 있는 힘껏 달려들었고, 우리는 같이 넘어졌다.

그녀는 날 힘껏 안았다. 그녀는 흥분한 것처럼 온몸을 떨고 있었다.

그녀가 내 머리를 붙잡고 마치 내가 아주 작은 아이인 것처럼 얼굴 여기저기에 입을 맞췄다.

수녀님의 베일에서는 구겨진 종이 소리가 났고, 넓은 소매는 팔꿈치까지 올라가 있었다.

멜라니 말이 맞았다. 원장 수녀님은 나를 보고 있었고, 예배당에서 나와서 우리가 있는 오솔길로 걸어왔다.

마리에메 수녀님도 원장 수녀님을 봤다. 그녀는 입맞춤을 멈추고 내 어깨에 손을 올렸고, 나는 원장 수녀님이 마리에메 수녀님에게서 나를 떼어놓을까 봐 마리에메 수녀님의 허리를 꼭 붙들었다.

우리 둘은 원장 수녀님이 다가오는 것을 봤다. 그녀는 고개를 들지 않은 채 우리 앞을 지나갔고, 마리에메 수녀님의 정중한 인사도 보지 못한 것 같았다.

원장 수녀님이 지나가자마자 나는 오래된 벤치로 마리에메 수녀님을 데려갔다. 그녀는 머뭇거렸고, 앉기 전에 이렇게 말했다.

"일부러 맞춘 것처럼 상황이 이렇게 딱 맞았네."

그녀는 보리수에 등을 기대지 않고 벤치에 앉았고, 나는 그녀 발치 풀밭에 무릎을 꿇었다.

그녀의 눈은 이제 더는 빛나지 않았다. 색이 섞여버린 듯했고, 얼굴은 너무 가늘어서 작아진 것 같았고 베일에 파묻혀 있었다. 하얀 베일은 예전처럼 가슴까지 내려오지 않았고, 손에는 푸른 정맥이 보였다.

그녀의 시선은 자신이 썼던 방 창문에 겨우 가닿았다. 그녀는 보리수가 심어진 오솔길을 바라봤다가 네모난 큰 안뜰을 한 바퀴 돌아보고 원장 수녀님의 사택을 보면서 중얼거리듯이 말을 뱉었다.

"다른 이들이 우리를 용서해주기 바란다면 우리도 다른 이들을 용서해야 해."

그녀는 나를 돌아보고 말했다.

"눈이 슬퍼 보이는구나."

그녀는 마음에 들지 않은 무언가를 지우려는 듯이 손바닥으로 내 눈 위를 문질렀다. 그리고 내 눈을 계속 감게 하면서 좀 전과 같이 중얼거리듯이 말했다.

"우리에게 너무 많은 고통이 있었구나."

그녀는 손을 내려서 내 손을 잡고 내 눈을 계속 바라보면서 기도하듯이 말했다.

"내 어여쁜 아가, 내 말을 들으렴. 절대로 불쌍한 수녀가 되지 말아라."

그녀는 후회 섞인 한숨을 길게 쉬고 다시 말했다.

"우리가 입고 있는 검고 하얀 수녀복은 다른 사람들에게 우리가 힘과 밝음의 생명체라는 걸 알려주지. 우리 앞에서 모든 눈물을 드러내려고 하고, 모든 고통을 우리에게 위로받기 원하지. 하지만 아무도 우리의 고통을 걱정하지 않아. 우리는 마치 얼굴이 없는 것 같아."

그다음에 그녀는 미래에 관해 이야기하면서 이렇게 말했다.

"나는 선교사들이 가는 곳으로 갈 거야. 거기서 불안으로 가득 찬 시설에서 살 거야. 내 눈앞에서 추악함과 타락이 끊임없이 펼쳐지겠지."

나는 그녀의 낮은 목소리를 들었다. 그 아래에는 열렬함이 있었다. 지구상의 모든 고통을 그녀 혼자서 감당할 수 있는 것처럼 보였다.

그녀가 내 손을 놓았다. 그리고 내 뺨을 쓰다듬고는 아주 부드러운 목소리로 말했다.

“네 순수한 얼굴을 계속 생각할게.”

그리고 내 위쪽을 바라보면서 덧붙였다.

“신은 우리에게 추억을 주셨고, 아무도 우리에게서 그 추억을 빼앗아가지 못해.”

그녀는 벤치에서 일어섰고, 나는 출구까지 그녀를 배웅했다. 수녀님이 나가고 벨외이가 무거운 문을 닫았을 때, 나는 그 길고 둔탁한 소리를 오랫동안 듣고 있었다.

그날 저녁 데지레데장주 수녀님은 늦게 방으로 왔다. 그녀는 나병 환자를 돌보기 위해 떠나는 마리에메 수녀님을 위해 특별 기도를 올리고 왔다고 했다.

겨울이 다시 왔다.

데지레데장주 수녀님은 내가 책 읽는 것을 좋아한다는 사실을 금방 알아차렸다. 그녀는 수녀님들이 이용하는 도서관에서 책들을 하나둘씩 가져다주었다.

한 번에 여러 장을 넘기면서 보면 대부분 어린이 책이었다. 나는 여행기를 더 좋아했고 밤에 작은 전등의 희미한 불빛에 의지해서 책을 읽었다.

데지레데장주 수녀님은 불빛 때문에 자다 깨서 투덜거렸지만 곧 잠들었고 나는 다시 책을 폈다.

우리 사이에는 우정이 조금씩 쌓이기 시작했다. 밤에도 침대 사이에 하얀 커튼을 치지 않았다. 우리 사이에 거북한 것이 사라졌고, 우리는 모든 생각을 공유했다.

그녀는 섬세하면서도 유쾌했으며 한결같았다.

그녀에게 인생에서 단 한 가지 지루해 보이는 건 바로 수녀복이었다. 그녀는 수녀복이 무겁고 불편하다고 생각했다. 그녀는 권태로운 듯 말했다.

"난 수녀복을 입으면 항상 어두운 집에 있는 것 같아요."

그녀는 밤이 되면 얼른 수녀복을 벗어버렸고, 잠옷을 입고 방안에서 걸어 다니면서 아주 행복해했다.

그녀는 입을 삐죽거리면서 말했다.

"익숙해지기 시작했지만 처음에는 베일 때문에 뺨이 까지고 수녀복이 어깨를 아래로 잡아당기는 것 같았어요."

봄이 왔고, 그녀는 기침을 하기 시작했다.

그녀는 작게 마른기침을 했고, 기침 소리가 수시로 들렸다. 길고 가는 몸은 더 약해졌다. 그녀는 여전히 유쾌했다. 그녀는 그저 수녀복이 더 무거워졌다는 불평만 했다.

그녀는 5월 중 어느 밤 내내 계속 뒤척이며 잠꼬대를 했다.

나는 밤새도록 책을 읽다가 갑자기 날이 밝아오는 걸 알아챘다. 작은 전등을 불어서 끄고 조금이라도 자려고 했다.

데지레데장주 수녀님이 갑자기 말하기 시작했을 때 나는 막 잠이 들려던 참이었다.

"창문을 열어주세요. 그가 오늘 올 거예요!"

나는 그녀가 또 꿈을 꾸는 거라고 생각했지만, 그녀는 또렷한 목소리로 말했다.

"창문을 열어주세요, 그가 들어올 수 있게!"

그녀가 자고 있는지 확인하려고 자리에서 일어났더니, 그녀는 침대에 앉아 있었다. 그녀는 담요를 던져버리고 잠잘 때 쓰는 모자에서 끈을 풀고 있었다. 그녀는 끈을 풀어서 침대 발치로 던져버렸다. 그런 다음 이마 위의 짧은 곱슬머리를 돌돌 말면서 머리를 흔들었고, 나는 그 즉시 예전의 데지레 졸리의 모습을 알아봤다.

나는 약간 겁을 먹은 채 일어났다. 그녀가 계속 말했다.

"창문을 열어주세요, 그가 들어올 수 있게!"

창문을 활짝 열고 뒤를 돌아봤더니, 그녀는 기도하듯이 모은 손을 떠오르는 태양을 향해 뻗고는 갑자기 약한 목소리로 말했다.

"전 수녀복을 벗었어요, 전 저 옷을 더는 참을 수가 없어요."

그녀는 조용히 눕더니 얼굴이 전혀 움직이지 않았다.

나는 그녀가 숨을 쉬는지 들으려고 오랫동안 숨을 참았다. 그리고 내 숨이 그녀 가슴으로도 들어가기를 바라면서 길게 숨을 들이마셨다.

하지만 가까이 가서 바라보자 그녀가 이미 숨을 쉬지 않는다는 것을 깨달았다. 그녀는 긴 화살처럼 다가오는 햇빛을 바라보듯이 눈을 크게 뜨고 있었다.

제비가 어린아이와 같은 비명 소리를 내며 창문 앞을 왔다 갔다 했고, 한 번도 들어본 적 없는 그 소리가 내 귀를 가득 메웠다.

나는 내가 할 말을 누군가가 들을 수 있기를 바라면서 기숙사 창문 쪽으로 고개를 들었다.

하지만 보이는 것이라고는 보리수 너머에 있는 방을 들여다보는 듯한 큰 괘종시계의 숫자판밖에 없었다. 괘종시계는 다섯 시를 가리키고 있었다. 나는 담요를 가져와서 데지레데장주 수녀님 위에 덮어준 뒤 기상종을 치기 위해 방에서 나왔다.

나는 오랫동안 종을 쳤다. 종소리는 멀리, 아주 멀리 퍼졌다. 종소리는 데지레데장주 수녀님이 떠난 곳으로 퍼져갔다.

종소리가 데지레데장주 수녀님이 죽었다는 사실을 세상에 알리는 것 같아서 종을 계속 쳤다.

나는 그녀가 다시 한번 창문에서 아름다운 얼굴을 내밀고 내게 말하기를 바라면서 종을 울렸다.

"충분해! 충분하다고!"

멜라니가 갑자기 내게서 줄을 뺐었다. 종은 공중으로 솟았다가 그냥 내려왔고, 그 소리가 불평처럼 들렸다.

멜라니가 내게 말했다.

"미쳤어? 15분 넘게 종을 쳤잖아!"

나는 대답했다.

"데지레데장주 수녀님이 죽었어."

베로니크는 우리와 함께 방으로 들어갔다. 그녀는 두 침대 사이에 하얀 커튼이 쳐져 있지 않은 것을 봤다. 그녀는 수녀가 다른 사람에게 머리카락을 보이는 것은 부끄러운 일이라며 경멸의 몸짓을 취했다.

멜라니는 뺨에 떨어지는 눈물방울을 닦았다. 고개가 한쪽으로 더 기우뚱했다. 그리고 아주 낮은 목소리로 내게 말했다.

"그녀는 예전보다 더 예쁜데."

이제 해가 침대 위까지 들었고, 햇빛이 시신을 모두 감쌌다.

나는 온종일 그녀 곁에 있었다.

수녀님 몇 분이 그녀를 보러 왔다. 그중 한 명은 리넨으로 그녀 얼굴을 덮었다. 하지만 그 수녀님이 나가자마자 나는 리넨을 치워버렸다.

멜라니는 나와 함께 밤을 새우러 왔다. 그녀는 창문을 닫고 큰 등을 켰다. 데지레데장주 수녀님이 어둠을 보지 못하도록 하기 위해서라고 했다.

여드레가 지나고 벨외이가 부엌으로 들어왔다. 그녀는 내가 그날로 떠날 준비를 해야 한다고 알렸다. 그리고 오므린 손에 금화 두 개를 들고 있다가 화덕 모서리에 하나씩 내려놓고는 손끝으로 동전을 두드리며 말했다.

"원장 수녀님이 40프랑을 주셨어."

나는 자주 잔디밭 건너편에서 보이던 콜레트와 이즈메리에게 작별인사도 하지 않은 채 떠나고 싶지 않았다.

하지만 멜라니는 그녀들이 날 경멸할 뿐이라고 했다.

콜레트는 내가 왜 아직까지 결혼하지 않았는지 이해하지 못했고, 이즈메리는 내가 마리에메 수녀님을 좋아한 것을 용서하지 못했다.

멜라니가 문까지 배웅해주었다.

그 오래된 벤치 앞을 지나다 보니 벤치 다리 하나가 부서져서 한쪽 끝이 잔디밭 위로 내려앉은 게 보였다.

문 앞에서 눈빛이 딱딱한 한 여인을 발견했다. 그녀가 단호하게 내게 말했다.

"내가 네 언니야."

나는 그녀를 알아보지 못했다.

우리가 헤어진 지 12년이 지났다.

밖으로 나오자마자 언니가 내 팔을 잡더니 눈빛만큼이나 딱딱한 목소리로 내게 돈이 얼마나 있는지 물었다.

나는 방금 받은 금화 두 개를 보여주었다.

"그렇다면 도시로 가는 게 좋을 거야. 정착할 곳을 더 쉽게 찾을 수 있을 테니." 언니가 말했다.

계속 걸으면서 언니는 내게 인근에 사는 농부와 결혼했고, 앞으로 나와 엮이고 싶지 않다고 말했다.

우리는 역 앞에 도착했다.

언니는 플랫폼까지 내 짐을 몇 개 들어다 주었다. 기차가 움직이기 시작하자 언니는 내게 작별인사를 했고, 나는 거기에 서서 그녀가 떠나는 것을 지켜봤다.

거의 그 즉시 다른 기차가 와서 멈췄다. 역무원들이 플랫폼으로 달려와서 소리쳤다.

"파리로 가는 승객분들은 건너세요!"

그 순간 나는 지붕이 너무 높아서 구름에 가려진 높은 궁궐 같은 집들이 있는 파리의 모습을 봤다.

역무원 한 명이 나와 부딪혔다. 그가 내 앞에 멈춰서 물었다.

"아가씨, 파리로 가십니까?"

나는 거의 망설이지 않고 대답했다.

"네, 그런데 표가 없어요."

그가 손을 내밀었다.

"주세요. 제가 사다 드릴게요."

내가 동전 하나를 주자 그는 뛰어갔다.

나는 그가 가져온 표와 잔돈을 주머니에 대충 구겨 넣고, 그를 따라서 선로를 건너 기차에 급히 올랐다.

그는 잠깐 기차 출입문 앞에 있다가 걸어가 버렸다. 그는 앙리 데루아처럼 부드러운 눈에 표정이 진지했다.

기차는 내게 경고하듯이 첫 번째 기적을 울렸다. 그리고 나를 태운 채 큰 고함처럼 두 번째 기적을 울렸다.

-끝-

◆◆◆

작가 및 작품 소개

프랑스 소설가 마르그리트 오두는 1863년 7월 7일 상코앵에서 태어났다. 어머니의 죽음과 아버지의 양육 포기로 인해 그녀는 세 살에 고아가 되었다. 그녀와 언니 마들렌느는 처음에는 친척과 함께 살았지만 결국 9년을 고아원에서 보냈다. 1877년에 오두는 솔로뉴 지역에서 목동이자 농장 일꾼으로 일하게 되었다. 그곳에서 그녀는 앙리 데줄과 사랑에 빠졌지만 그의 부모가 반대해 헤어졌다. 이후 1881년에 파리로 갔다. 매우 가난했던 그녀는 종종 재봉사로 일했으며, 어떤 일이라도 닥치는 대로 했다. 1883년에 그녀는 아이를 사산했고, 힘든 노동으로 몸이 망가진 탓에 더는 아이를 갖지 못하는 몸이 되었다.

파리에서 조카 이본느의 양육권을 얻어 함께 살기도 했는데 16세의 이본느는 자기도 모르는 새 오두의 문학 경력에 첫걸음을 떼게 해주었다. 이본느는 파리 홀레스 근교에서 쥘 일Jules Iehl이라는 젊은 남자를 만났는데, 그는 미셸 옐Michel Yell이라는 필명으로 활동하던 작가였다. 이본느를 통해 오두를 만난 옐은 소설가 샤를 루이 필리프Charles-Louis Philippe를 비롯해 레옹 폴 파르그Léon-Paul Fargue, 레옹 베르트Léon Werth, 프랑시스 주르댕Francis Jourdain 등 당대의 파리 지식인들을 그녀에게 소개해준다. 오두가 살던 레오폴 로베르가의 집은 지식인과 예술가를 위한 오아시스가 되었다.

어느 날 필리프는 오두가 쓴 원고를 우연히 발견했다. 이 원고는 시력이 나빠져 더 이상 예전처럼 바느질을 할 수 없게 된 오두가 쓰기 시작한 자신의 이야기였다. 그는 원고를 읽고 감탄했고, 그 원고는 실내장식 미술가인 주르댕을 통해 저명한 작가 옥타브 미르보의 손에 넘어갔다. 매우 설득력이 있는 작품에 미르보는 그 책이 즉시 출판될 수 있도록 주선했으며 책의 서문을 써주기도 했다. 이렇게 1910년에 탄생한 그녀의 처녀작 《마리 클레르》는 엄청난 인기를 끌며 10만 권 이상

팔렸다. 또한 같은 해에 페미나상*을 받았다. 우리가 알고 있는 유명 여성 잡지 〈마리 클레르〉는 바로 이 소설에서 이름을 따온 것이다.

회고록 《마리 클레르》 출간 이후 그녀가 다음 책을 쓰기까지 10년이 걸려, 1920년에 후속작인 《마리 클레르의 작업실》이 출간되었다. 이후 《도시에서 물레방아가 있는 시골로》(1926) 《약혼자》(1932)를 썼고 마지막으로 《두스 뤼미에르》(1937)를 출간했다. 하지만 이 모든 작품 중 첫 작품의 성공을 능가하는 것은 없었다.

1937년 1월 31일 세상을 떠난 그녀는 자신이 사랑하는 바다와 멀지 않은 생라파엘에 묻혔다.

"어떻게 이런 아름다운 이야기를 쓸 수 있나요?"라는 질문에 오두는 이렇게 대답했다.

"나는 아무것도 모릅니다. 무엇을 배운 적도 없어요. 단지 나는 몽상하는 것을 좋아했습니다."

* 페미나상은 1904년, 남성 중심의 공쿠르상에 반기를 들며 만들어진 문학상이다. 열두 명의 여성이 심사위원으로 참여하며, 성별에 관계없이 시상하고 있다. 오늘날에는 공쿠르상과 어깨를 나란히 하는 프랑스 대표 문학상으로 자리 잡았다.

마리 클레르

초판 1쇄 발행 2019년 2월 20일

지은이 마르그리트 오두
옮긴이 이연주
기획 및 번역 감수 강주헌
발행인 박영규
총괄 한상훈
편집장 김기운
기획편집 김혜영 정혜림 조화연 **디자인** 이선미 **마케팅** 신대섭

발행처 주식회사 교보문고
등록 제406-2008-000090호(2008년 12월 5일)
주소 경기도 파주시 문발로 249
전화 대표전화 1544-1900 **주문** 02)3156-3681 **팩스** 0502)987-5725

ISBN 979-11-5909-956-4 04860
ISBN 979-11-5909-949-6(세트)
책값은 표지에 있습니다.

• 이 책의 국립중앙도서관 출판예정도서목록(CIP)은 서지정보유통지원시스템 홈페이지(http://seoji.nl.go.kr)와 국가자료공동목록시스템 (http://www.nl.go.kr/kolisnet)에서 이용하실 수 있습니다. (CIP제어번호: CIP2019004968)
• 잘못된 책은 구입하신 곳에서 바꾸어 드립니다.